MW00721386

Le guerrier urbain

Manuel de survie spirituelle

Traduit de l'anglais
par Frédéric Lasaygues

Véronique Espiritu
[Spirit]
604-879-8093
Gros Bisous
...era de me donner beaucoup
de bonheur

J'AI LU

Bien-être

Titre original :
BAREFOOT DOCTOR'S HANDBOOK FOR THE URBAN WARRIOR
A SPIRITUAL SURVIVAL GUIDE
First published in English by Judy Piatkus (Publishers) Ltd,
5 Windmill Street, London WIP 1HF, England

Pour la traduction française :

Le guerrier urbain

Manuel de survie spirituelle

Je dédie ce livre à Walter, et à tous ceux — les enfants surtout — qui ont le courage de regarder sous la surface des choses pour trouver leur propre façon de survivre et de croître sur cette planète un peu dingue.

Sommaire

Mise en garde : ce qui suit est pure propagande, l'auteur est un charlatan absolu et un escroc.

Les informations, idées et suggestions contenues dans ce livre sont basées sur un système potentiellement subversif. En essence, elles proposent une vie sans morale et un retour à notre vraie nature, qui est innocente et droite.

En suivant cette voie, votre vie et par extension les vies de ceux qui vous entourent risquent d'en être profondément affectées. Il dépend entièrement de vous, lecteur, que l'impact soit positif ou négatif. Bien que la fréquentation de ce Guide soit évidemment matière à élargir votre expérience de la réalité, l'introduction de tout moteur de changement dans votre vie est nécessairement expérimentale ; ses résultats sont imprévisibles. L'auteur décline donc toute responsabilité quant aux conséquences pouvant survenir suite à l'usage de ce Guide.

Concernant l'auteur, même s'il est avéré qu'il a enseigné les arts taoïstes à des milliers d'individus, qu'il a écrit un livre sur ce sujet – livre traduit en une vingtaine de langues, y compris le chinois, et lu par plus d'un demi-million de lecteurs à travers le monde ; qu'il a également produit de la musique de transe curative dont les effets ont largement rayonné sur tous les continents, qu'il est en outre l'heureux éditeur d'un magazine de bonne forme spirituelle. Nonobstant cet impressionnant bagage, il serait cependant absurde et déraisonnable de sa part de se prétendre expert dans la pratique de la voie de la sagesse. Dans ce domaine, il est tout aussi égaré et désarmé que le premier venu.

En fait, l'auteur est un artiste. Un artiste doté de goûts étranges, qui, dans le creuset taoïste traditionnel, a décidé de créer à partir de sa vie même sa propre forme d'art, interactif et multimédia ; une sorte de laboratoire mobile à l'intérieur duquel il se déplace tel un singe ivre.

Comme tout artiste, l'auteur n'est rien de plus qu'un simple interprète. Ayant adopté la tradition du guerrier taoïste il y a une vingtaine d'années, il l'a travaillée et jouée tel un instrument, il a dansé sur sa musique et s'est attaché à en pénétrer les arcanes, pour en émerger aujourd'hui, après bien des tours et détours, le visage éclairé d'un humble mais néanmoins pas peu fier sourire, ce livre en main, proclamant à qui veut l'entendre : « Voici mon travail ! »

Ce Guide représente l'interprétation personnelle de l'auteur d'une sagesse antique qui, bien que d'origine chinoise, est universelle dans ses applications. À la fois pour des raisons d'ordre altruiste et de recherche personnelle, il désire aujourd'hui partager avec vous, lecteur, le fruit de son expérience.

Maintenant, vous savez tout. Suspendez votre jugement et procédez à la lecture de ce Guide (à vos risques et périls).

PRÉSENTATION DU DOCTEUR AUX PIEDS NUS ET DE SON GUIDE

Le docteur aux pieds nus est ici avec vous. Je souhaite me présenter le plus discrètement possible.

Dans les temps anciens, à travers tout l'Orient, le docteur aux pieds nus parcourait le pays, allant humblement (les pieds nus) d'un village à l'autre pour aider ses semblables à demeurer en bonne santé physique et spirituelle.

Il administrait toutes sortes de remèdes, herbes médicinales, lotions, pratiquait l'acuponcture, les massages, les transferts d'énergie. Il enseignait également les arts martiaux et les techniques de méditation, opérait des « miracles », et jouait de la musique sur un pippa (sorte de luth) ou bien soufflait dans une flûte de bambou et déclamait de la poésie magique.

Il dispensait ses soins avec le cœur pur et radiant d'un authentique guerrier, sans se soucier d'en tirer un quelconque bénéfice. Pour le récompenser de sa générosité, ses patients subvenaient à ses besoins et s'assuraient qu'il ne manquait de rien.

Le docteur aux pieds nus d'aujourd'hui se doit d'être fidèle à la tradition du héros populaire d'antan, et de respecter les principes qui ont fait sa réputation. Il serait impensable de refuser de soigner une personne qui serait sans ressources.

Je vois une moyenne de soixante personnes par semaine. Certains, trop malades pour travailler et gagner un salaire, d'autres, au chômage, m'apportent des fleurs, de la nourriture, et parfois de simples morceaux de bois « sacré » dont je nourris mon feu.

Mon intention n'est pas ici de chanter mes louanges, mais de vous assurer de mon intégrité et de mon implication absolue dans le rôle de docteur aux pieds nus, ceci afin de vous permettre d'aborder ce Guide sans arrière-pensée.

Bien qu'ayant une réputation de parfait plaisantin en ce qui concerne ma vie privée, je me suis efforcé au cours de ces vingt dernières années de vivre en guerrier urbain taoïste et de mettre à l'épreuve des faits le système que j'expose dans ces pages. À l'heure où j'écris, le vieux croulant de quarante-deux ans que je suis a déjà prodigué son enseignement ou participé à la guérison de centaines de milliers de personnes à travers le monde, de par la diffusion de ses livres, de sa musique, et de par les soins qu'il a lui-même dispensés.

J'ai également bénéficié de l'enseignement d'une magnifique palette de professeurs de « première génération ». Parmi ceux-ci, R. D. Laing, le Maître Han Tao, Sonny Spruce, Nackovitch et F. B. Kramer. Et c'est aussi leur travail que je poursuis humblement, à ma façon.

Ce Guide est le fruit de toute cette expérience acquise au fil du temps et des rencontres. Je vous en fais don avec amour. La relation que vous vous apprêtez à vivre avec le contenu de ce livre pourrait bien devenir l'une des expériences majeures dans l'appréhension de votre propre réalité.

Conçu dans le souci de votre bien-être, tant au plan de la lecture, que par les effets qu'il pourra exercer sur votre vie, ce Guide contient toutefois certains « matériaux lourds » qu'il conviendra d'aborder avec la plus grande légèreté, tel un oiseau-mouche butinant une fleur de magnolia.

Le lecteur y trouvera toute l'information nécessaire pour se brancher sur la longueur d'onde du guerrier. Cette information est présentée de façon ludique de manière à le distraire et lui en faciliter l'acquisition.

Il ne s'agit pas d'une simple explication intellectuelle bidimensionnelle découpée en tranches. Ce qui est proposé au lecteur est davantage un voyage interactif et sensoriel à travers un univers à quatre dimensions.

Je fais appel à votre véritable intelligence, celle qui repose derrière votre intellect, l'intelligence du corps. La troisième dimension est stimulée en disposant les idées dans le contexte de votre vie de tous les jours.

La quatrième dimension, elle, naît durant le processus de développement que vous éprouverez à mesure que l'information elle-même se développera en vous au fil du temps.

Si vous suivez le déroulement séquentiel du Guide, son fil rouge vous guidera jusqu'à l'entière compréhension du « système » du guerrier taoïste sans même que vous vous en rendiez compte.

Vous pouvez aussi ouvrir le livre n'importe où au hasard, et le consulter à la façon d'un oracle ou d'un conseiller inspiré. Il répondra à toute question que vous aurez à l'esprit et, tel un vieil ami, saura vous apporter son soutien et vous orienter sur la vaste route de la Vie.

Petit exercice : concentrez-vous sur ce qui vous perturbe le plus en ce moment puis, dès que vous aurez lu les quelques lignes qui suivent, fermez les yeux et fermez le livre. Rouvrez-le au hasard et lisez la page qui se présente à vous. Peut-être trouverez-vous une solution à votre problème. Peut-être pas. Mais vous ne pourrez que vous enrichir à la lecture du passage en question.

VUE GÉNÉRALE

Si, d'un point de vue de guérisseur, vous deviez jeter un regard à la vie sur Terre, vous seriez en droit de trouver le patient plutôt mal en point.

Il n'est pas nécessaire de dresser ici la liste des diverses maladies et corruptions affectant nos chances de survie sur cette planète. Personne ne peut encore dire si nous avons déjà franchi le point de non-retour dans le processus de mise à sac et de gaspillage systématique de notre environnement, si la fonte des calottes glaciaires provoquera effectivement la montée des océans et l'engloutissement des populations situées au niveau de la mer, ou si une quelconque puissance ne déchaînera pas sur le monde un feu de gaz toxiques durant les guerres qui ne manqueront pas d'éclater pour la suprématie sur les réserves d'eau potable. Personne non plus n'a pu dire si la comète Hale-Bopp n'était qu'un objet céleste comme un autre traversant notre orbite à cent cinquante mille kilomètres à l'heure, ou s'il fallait y voir le signe d'Armageddon.

Une nuit récente, à Londres, un jeune Noir marchait tranquillement dans la rue, lorsqu'il a été assailli sans raison par quatre Blancs sensiblement du même âge que lui. Les agresseurs l'ont aspergé d'essence et l'ont immolé par le feu, regardant ensuite leur victime brûler à mort. Pour la victime, comme pour sa famille, l'apocalypse est déjà venue.

Il y a plus de deux mille ans, les Indiens Hopi déclaraient dans leurs prophéties qu'un temps viendrait où les hommes communiqueraient verbalement par l'intermédiaire de toiles d'araignée tendues dans le ciel, et qu'ils construiraient une plate-forme dans l'espace. Ils prédisaient également qu'à cette époque la vie sur Terre serait complètement loufdingue, avec un climat sujet à toutes les excentricités, des ressources naturelles en voie d'épuisement, l'écorce terrestre agitée de tremblements, et un soleil qui deviendrait un ennemi. La conclusion de cette prophétie est trop effroyable pour être mentionnée. Qu'il me suffise de dire que le patient (la vie sur

Terre) en est arrivé à peu près à cet état et que les pronostics ne sont guère encourageants.

Vous êtes maintenant face à un choix. Vous pouvez ignorer totalement ou partiellement cette situation un certain temps encore, ou rester paralysé de terreur, ou bien devenir un guerrier urbain (ou guerrière) et danser sur votre chemin à travers le plus énorme et délirant film de science-fiction jamais produit, cela jusqu'à l'extinction totale des lumières. Et c'est précisément ce que ce Guide se propose de vous aider à accomplir.

Bien sûr, reste la possibilité que si un grand nombre d'entre nous suivent cette voie, nos intelligences créatives additionnées les unes aux autres parviennent à retarder l'issue fatale et à nous permettre de prolonger quelque temps le théâtre de notre folie collective.

DÉFINITIONS

URBAIN

Salut, citoyen de la metropolis universelle !

Depuis que nous avons les moyens de regarder des clichés de la Terre pris depuis l'espace, nous avons littéralement appris à projeter nos esprits tout autour de la planète. Nous avons fait un bond fantastique dans les communications et la technologie des ordinateurs. Le développement des transports aériens nous permet de nous rendre à peu près n'importe où sur la planète en moins de vingt-quatre heures.

Résultat : il n'y a pratiquement plus rien sur Terre, dans l'air, dans l'eau, qui n'ait été affecté par le poison de nos activités. Nous avons généré une vaste matrice électronique polluée. Son placenta, bien qu'en train de se désintégrer, lutte pour maintenir l'équilibre et se régénérer de lui-même.

En même temps, que ce soit au sommet de la plus haute montagne ou dans la plus profonde fosse océanique, il n'existe aucun endroit où nous ne puissions rester en contact pour partager nos idées.

Une ville est le produit d'un ensemble d'idées. Vous avez l'idée de construire une maison. Vous contactez un architecte qui va transformer votre idée initiale en un projet spécifique. Lui-même s'adressera ensuite à un entrepreneur qui va à son tour transformer ce projet en une vraie maison. Cette maison comprend divers composants, telles l'électricité, la plomberie, lesquels sont également le résultat d'idées. Cette maison se tient dans une rue qui fait partie d'un système de voirie issu d'une idée. Nous pouvons dire que le facteur de cohésion d'une ville est bien la force des idées.

Nous pourrions dire aussi, et je le fais, qu'avec nos réseaux de communication et de transport, nous avons créé, grâce aux forces combinées de nos idées, une sorte d'énorme mère urbaine universelle. Et vous vous trouvez en son sein en ce moment même. Où que vous soyez, et quand bien même votre lieu de séjour vous semblerait apparemment isolé ou reculé, vous faites partie de ce vaste réseau de centres urbains connectés entre eux par les avions, les voitures, les bateaux, les lignes téléphoniques, les câbles électriques, les pipe-lines, les ondes radio, les signaux de télévision, les relais satellites, les services postaux et… les pigeons voyageurs.

Vous ne pouvez y échapper. Toute résistance serait futile. La seule stratégie viable est d'accepter cet état de fait et d'en profiter pleinement.

La ville est sale, la ville est excitante, la ville est dangereuse, et la ville est l'endroit où les choix les plus divers s'offrent à vous, où tous les désirs du cœur sont réalisables pour peu que vous fassiez le premier pas.

GUERRIER

Vous êtes un guerrier urbain.

Si vous êtes ici en train de lire ce livre, n'importe où dans cette étendue universelle urbanisée, vous confrontant à votre réalité avec un certain degré de conscience, alors vous êtes un guerrier urbain. Le mot « guerrier » fera sans doute naître dans votre esprit toutes sortes d'images, depuis celle du gladiateur aux muscles saillants jusqu'à celle du maître de Tai-Chi au physique chétif. Ce ne sont que des archétypes. « Guerrier » a la même racine que « guerre », aussi quand vous dites que vous êtes un guerrier, cela implique que vous êtes en guerre. Cette guerre est une guerre intérieure. Elle se tient au plan spirituel entre les forces de la lumière et les forces des ténèbres, et se déroule dans toute partie de l'univers aussi bien qu'en nous-mêmes.

Depuis toujours, le flux vital et générateur est en guerre contre l'énergie négative, entropique et destructrice. Ce drame se joue et se répète millénaire après millénaire par les pauvres pantins que nous sommes.

La guerre sévit à l'intérieur du microcosme que chacun de nous représente, ainsi qu'à divers degrés macrocosmiques de notre société universelle. Le monde qui se trouve autour de nous en est le résultat.

Cette affirmation n'est ni positive ni négative, mais simplement la description d'une condition.

Votre défi, en tant que guerrier, consiste à négocier avec cet état de fait, de façon non seulement à survivre mais aussi à vous développer, en conservant autant que faire se peut un état de complétude et de calme intérieur au cœur même des événements.

Vous y parviendrez en canalisant les forces lumineuses et obscures qui circulent en vous de façon à créer une danse perpétuelle et équilibrée, plutôt qu'en livrant une suite ininterrompue de combats de rue. Pour cela, il faut que tous vos canaux d'énergie soient ouverts. Ainsi, convenablement centré, l'esprit clair, en éveil, positif et aimant, vous serez en mesure, en toute circonstance, d'apprécier et de savourer le miracle de votre existence.

Lorsque les deux forces opposées de la lumière et de l'obscurité s'écoulent harmonieusement en vous, le monde alentour reflète cet état pacifié. Partout où vous irez, vous diffuserez cette harmonie.

En tant que guerrier, la responsabilité vous échoit de maintenir l'équilibre entre lumière et obscurité et, par extension, dans le monde qui vous environne, voire dans l'univers tout entier.

C'est une énorme responsabilité. La plus importante qui soit. Un engagement de votre part est irréversible. Mais le bénéfice que vous en tirerez est inestimable : une liberté absolue, et, aussi longtemps qu'elle dure, une vie pleine de richesse, de joie et de paix en pleine conscience éveillée.

Vous voilà donc embarqué dans l'aventure ! Répétez après moi : « Je suis un guerrier urbain. Je suis prêt à prendre la responsabilité d'être un guerrier et prêt à accepter dès maintenant tous les bénéfices qui en résultent. »

Quand bien même cela vous semblerait loufoque, le guerrier se doit de pratiquer un certain nombre de petits rituels loufoques, de façon à rester concentré sur son objectif.

TAOÏSME ET TAO

Le taoïsme est une poursuite vagabonde.

Le taoïsme n'existe pas vraiment. Ce n'est pas une religion. Ce n'est pas une institution. Ce n'est qu'une idée, une série de méthodes pour restaurer la paix intérieure et prolonger la vie. C'est tout cela, et ce n'est que cela. Aucune croyance ou foi aveugle n'est requise. Aucun serment à prononcer. Tout ce que vous avez à faire consiste à intégrer certains concepts (voir la vingtaine d'éléments qui suivent) et à pratiquer régulièrement quelques techniques psychophysiques relativement simples. Vous pourrez alors vous dire taoïste.

Tao signifie à peu près la « voie », se référant aux faits qui surviennent le long de la route sur la Grande Avenue de la Vie. Cela s'applique aussi bien au papillon qui se pose sur votre chemise par un beau jour d'été, qu'à la formation de l'univers. Courant parmi les failles et les espaces qui creusent la réalité, le Tao est la force génératrice primaire de l'existence et de la non-existence.

Bien que certains esprits trop zélés aient tenté au cours des siècles précédents d'institutionnaliser l'idée du taoïsme afin d'en faire une religion, leurs tentatives ont été risibles et ne sont heureusement pas parvenues à tuer l'esprit vivant du Tao. Le taoïsme, art de vivre en s'accordant aux choses telles qu'elles arrivent, c'est-à-dire de façon vagabonde, a toujours séduit les esprits indépendants, ce qui explique en partie pourquoi, en cette époque individualiste, il connaît un essor particulier.

Le taoïsme est apparu dans la Chine antique, nul ne sait au juste comment ni par le truchement de quel personnage. La légende veut qu'il ait été enseigné par un groupe de saints hommes appelés « Les enfants de la Lumière réfléchie », qui mesuraient près de deux mètres, portaient d'étranges vêtements et vivaient dans les endroits élevés (les hautes montagnes). Une fois qu'ils eurent transmis ce vaste corps de connaissance à la population locale, ils disparurent, nous dit-on, sans laisser de trace.

Leur enseignement a fait son chemin au cours des siècles, se mêlant au bouddhisme, au confucianisme et même parfois au christianisme, jusqu'à nous parvenir aujourd'hui sous la forme du tai-chi, du Yi King, de l'acuponcture et du feng shui, pour ne nommer que quelques-uns de ses aspects.

La pratique du Tao n'implique nullement que vous deviez renoncer aux croyances auxquelles vous adhérez, quand bien même s'agirait-il d'un matérialisme grossier. Elle ne viendra pas non plus empiéter sur les domaines qui vous sont chers. Bien au contraire, en suivant votre voie naturelle, ou Tao, vous ne ferez que rendre plus vives et plus intenses les différentes facettes de votre vie, tout en ajoutant au diamant brut de votre être intérieur quelques nouveaux et surprenants éclats.

Il n'y en a qu'un seul ici qui regarde le monde avec quantité de visages différents : son nom est Tao.

Cet être central et doué d'ubiquité est assis pour l'éternité dans l'absolu indifférencié, et ne fait absolument rien. Il s'ennuie à mourir. Comme il s'ennuie, il devient agité. Comme il s'agite, sa curiosité s'éveille, et, presque sans qu'il s'en rende compte, la perception de son « moi » se développe, ce qui implique par ailleurs qu'il y a quelque chose d'autre que le « moi ». Commence alors le grand jeu de cache-cache. L'être engendre l'« autre », ce qui fait deux, le yin et le yang. Yin et yang prolifèrent exponentiellement, comme le veut l'ordre naturel, créant les dix mille choses, c'est-à-dire le monde des apparences.

Ainsi, le Grand Être se distrait en jouant à cet irrésistible et inévitable jeu de cache-cache avec luimême. Il se divise en une multitude de modèles à partir du patron originel. Il feint ensuite d'oublier ce cheminement. Bob ou Joan, Ronald ou Snod, Nakovitch ou qui que ce soit se promènent alors sur cette terre en se prenant pour des entités autonomes et séparées. C'est là que commence la confusion, que naissent la peur et la cupidité, que les guerres éclatent.

Si tout à coup dans l'univers, chaque femme, homme, mille-pattes, Martien, requin, chien, saint, papillon, chauffeur de taxi devait s'élever par la méditation à un niveau de conscience supérieur, nul doute que tous se rencontreraient, qu'ils retrouveraient également tous les êtres qui ont vécu par le passé. Alors, à notre grand étonnement (étonnement feint, bien sûr), nous découvririons que nous ne sommes tous qu'un, et que jamais nous n'avons été autre chose.

Comme je l'ai dit plus tôt, « Tao » signifie la Voie. De même que dans la tradition japonaise « do » (comme dans aïkido) est la force de vie. Toute créature, animée ou inanimée, possède son propre Tao ou chemin. Chaque situation a son Tao. Chaque chien a son Tao.

Cependant, le Tao n'est pas Dieu. Dieu est Dieu, le Tao est le Tao et les mots sont les mots. Vous ne pouvez pas comprendre le Tao. Personne ne le pourrait. N'essayez même pas, vous perdriez votre temps. Si vous le voulez, vous pouvez toujours lui adresser vos prières, mais il ne vous écoutera pas. Contentez-vous de laisser les choses arriver d'elles-mêmes. Toutefois, si vous vous laissez aller et placez votre confiance en lui, le Tao vous accordera tout ce dont vous avez besoin pour le reste de votre vie et au-delà.

Petite jubilation métaphysique... Pendant les dix-sept minutes qui suivent, persuadez-vous que vous êtes l'entité fondamentale. Puis, allez boire une tasse de thé.

FASCISME

Le contraire du Tao, c'est le fascisme.

Suivre la voie du Tao, c'est avant tout suivre le chemin de la moindre résistance tout en veillant à respecter l'intégrité et le bien-être de toutes les autres créatures. Le fascisme prétend contrôler et manipuler les individus afin de les contraindre à se plier à une certaine vision de la réalité. Un leader particulièrement charismatique et convaincant rassemblera aisément une foule de sympathisants. Nombre de gens abandonnent en effet bien volontiers le contrôle de leur vie à quelqu'un d'autre. Ils se sentent ainsi protégés et, pour un temps, se nourrissent de l'illusion de n'avoir aucune responsabilité de leur propre existence. Ces malheureux égarés sont les anti-guerriers.

Les tendances fascistes, à la fois envers nous-mêmes et à l'égard des autres, doivent impérativement être repoussées. Leur action a pour effet d'étrangler notre flux d'énergie, entraînant bien souvent les individus, voire des sociétés tout entières, dans la confusion et la maladie.

Les fascistes se manifestent sous toutes sortes de déguisements. Ils ne sont pas toujours reconnaissables à leurs uniformes. Les fascistes de la spiritualité, les cultistes qui ne tolèrent que leurs propres croyances, peuvent se révéler terriblement pernicieux. Les maîtres « illuminés », les leaders spirituels entourés de leurs gardes du corps et de leurs partisans fanatiques hypnotisent littéralement leurs adeptes et détruisent en eux tout sens critique. La menace de l'excommunication est brandie comme argument suprême pour les contraindre à se laisser totalement dominer. Certains guérisseurs vous affirmeront que votre vie sera un échec si vous ne suivez pas leurs instructions. Un époux dira à sa femme qu'elle ne serait rien sans lui. Et ainsi de suite.

Le fascisme utilise la force et la contrainte, quand le taoïsme encourage le développement naturel des choses et des êtres. Autrement dit, le Tao suit la voie de l'amour.

Comme antidote au fascisme, visualisez l'idée de liberté individuelle qui s'élève de votre cœur et se diffuse hors de vous telle une fine vapeur. Ce voile de liberté ira ensuite draper chaque individu sur cette planète. À l'égard de ceux qui seraient sous le joug de tendances fascistes, efforcez-vous d'intensifier la vaporisation !

CHI

La force de vie est cruciale dans l'existence du guerrier.

La force de vie, l'énergie, ou chi, est cruciale pour toutes les créatures. Chi est mystérieux. Vous pouvez passer toute votre vie sous sa dépendance sans même être conscient de son existence. La force de vie est douée d'ubiquité. Elle anime, détermine et infiltre tout ce qui existe. Elle procure à votre sang la force intrinsèque vous permettant de rester vivant. C'est son énergie qui fait pousser l'herbe, tourner les planètes et brûler le soleil. Elle est animée par une intelligence naturelle et une farouche volonté de se propager. Elle n'opère aucune discrimination entre le « bien » et le « mal », et dispensera ses bienfaits aussi bien à un virus mortel qu'au prochain messie.

Le passage d'un nuage magnétique à la vitesse de cinquante millions de kilomètres à l'heure et la danse d'un quark sont tous deux animés par chi. L'énergie qui nous est nécessaire pour lire et mémoriser ces mots vous est gracieusement offerte par chi. Votre corps produit quotidiennement du chi par l'action combinée de vos organes internes qui assimilent l'air, les nourritures solides et liquides, et par l'impact sur votre propre champ d'énergie gravitationnelle de la lumière, du vent, de la chaleur, du froid, de l'humidité, des minéraux, des gaz, des arbres, des montagnes, des autres humains, de votre environnement.

Vous héritez également à la naissance d'une certaine quantité de chi transmise par vos parents. Celle-ci se concentre dans vos reins et sert de catalyseur pour le chi environnemental.

Chi circule à travers votre corps par un réseau complexe de canaux, ou méridiens. Lorsque son flux est régulier et sans entrave, vous bénéficiez d'une bonne santé physique, émotionnelle et spirituelle. Lorsqu'il est contrarié, vous tombez malade. Lorsqu'il cesse tout à fait, vous êtes mort. L'excitation sexuelle est la forme la plus basique de chi.

En utilisant les techniques du « guerrier », chi peut être canalisé, développé et accordé de façon à se transmuer en une force psychique surhumaine. Elle sera alors à votre disposition pour toutes sortes d'usages. Vous pourrez par exemple vous confectionner un bouclier psychique impénétrable pour l'autodéfense et l'autoguérison, pour venir en aide à votre prochain, pour atteindre l'illumination ou l'immortalité spirituelle, pour accomplir des miracles, pour devenir un amant exceptionnel, ou de façon plus pragmatique, pour gagner un maximum d'argent.

Si vous souhaitez faire l'expérience de votre chi après lecture de ces lignes, asseyez-vous confortablement et imaginez-vous en train de tenir entre vos mains ouvertes un objet de la taille d'un ballon de football. Levez et abaissez lentement les mains une dizaine de fois. Vous sentirez bientôt une sensation de picotement dans les paumes. C'est chi.

YIN-YANG

Les gens vont, les gens viennent, dans une danse d'équilibre.

Imaginez un spectacle multimédia et interactif en direct représentant le scénario de votre existence telle que vous la vivez maintenant. Toutes sortes de gadgets et d'accessoires, disposés dans un ordre étrange, figurent vos rêves. Des écrans font défiler des images illustrant vos souvenirs et vos fantasmes. Des diffuseurs de parfums exhalent des odeurs familières. Des haut-parleurs émettent les sons de votre vie quotidienne. Et vous faites partie intégrante du spectacle, assis dans un fauteuil, l'esprit et le corps reliés électroniquement à la machinerie scénique. Tandis que vous vous tenez immobile, certains éléments clés de votre vie se promènent parmi le décor. Selon leur influence sur vous, ils sont catégorisés comme « émouvants », « dérangeants » ou « fabuleux ».

L'ensemble de l'installation est alimenté par une forme d'électricité épurée appelée chi, et produite par un grand générateur solaire extérieur. Un unique câble relie le générateur à l'installation. À l'intérieur de celui-ci, deux câbles plus petits, l'un de charge positive, l'autre de charge négative. Les charges opposées sont dépendantes l'une de l'autre et ne peuvent exister individuellement.

La charge positive est appelée « yang ». Elle véhicule une chaleur qui, si elle n'était pas contrôlée, ferait sauter toute la machinerie scénique, y compris vous-même.

La charge négative est appelée « yin ». Elle véhicule un courant froid qui, s'il n'était pas contrôlé, gèlerait aussitôt l'ensemble de la structure, jusqu'à la faire imploser.

Afin de préserver notre installation de l'incendie ou de la congélation, il est essentiel que les charges yang et yin soient de forces électromotrices égales, et qu'elles s'équilibrent pour alimenter la machinerie.

Cela dit, l'équilibre n'est pas un phénomène statique. Les flux de yin et de yang circulent selon un système complexe de courants alternatifs, si bien que parfois le yin prédomine, parfois le yang, dépendant de l'heure du jour, des phases de la lune et des saisons.

Vous êtes assis en train de lire, l'éclairage est parfait. Vient alors une baisse de tension, la lumière baisse jusqu'à rendre votre lecture impossible. Puis la tension augmente de nouveau, augmente encore et encore jusqu'à vous obliger à plisser les paupières. Il en va de même pour les odeurs, les sons. Il en va de même dans votre esprit, où les idées oscillent entre le calme plat et les tourbillons.

Dans le spectacle multimédia et interactif dont vous êtes l'acteur principal, vous laissez ces fluctuations se produire sans intervenir. Vous ne leur résistez pas. Vous êtes simplement conscient qu'elles se produisent. Vous vous contentez de noter quelle phase d'énergie est en action – petit yang, grand yang, petit ou grand yin – et vous faites avec.

Quand le yin prédomine, que la lumière décline et que le froid s'installe, vous ressentez l'envie de vous mettre en retrait. Faites. Ralentissez et laissez passer la vague. Par contre, quand le yang prédomine, que vous sentez l'agitation vous gagner et votre sang s'échauffer, bougez, lancez-vous, agissez.

Lorsque vous commencez à discerner ces différentes phases, à ressentir la façon dont le yin et le yang circulent dans votre vie, ces énergies deviennent vos alliées, leurs fluctuations se contrebalancent sans heurts.

Alors, bonne nuit yin et bonjour yang, yin et yang

PLEIN ET VIDE

Le Tao donne et le Tao prend. Quand il donne, vous êtes plein. Quand il prend, vous êtes de nouveau vide, prêt à accueillir de l'inédit. Le cycle d'alternance entre yin et yang est inépuisable. Savoir cela ne changera pas votre vie, mais pourra adoucir le choc du flux et du reflux.

Le yin est vide, le yang est plein. Le yin est malléable, le yang est ferme. Le yin va vers le bas, le yang va vers le haut. Le yin est froid, le yang est chaud. Le yin est humide, le yang est sec. Le yin est silencieux, le yang est bruyant. Le yin recule, le yang avance.

Ces classifications sont bien sûr relatives. Le froid ne saurait exister sans le chaud, le malléable sans le ferme, etc. Le yin et le yang prennent toute leur signification lorsque l'on compare un phénomène à un autre, une phase d'activité à une autre. Comparons, par exemple, la flamme d'une bougie à une explosion nucléaire. Les deux phénomènes possédant des qualités de chaleur et de lumière sont par essence de nature yang. Cependant, la flamme de la bougie sera considérée comme yin par rapport au yang de l'explosion nucléaire.

Le yin et le yang, comme la nuit et le jour, se transforment en leur opposé lorsqu'ils atteignent leur maximum d'intensité. C'est quand la nuit est la plus obscure que le soleil décoche ses premiers traits de lumière au-dessus de l'horizon ; quand le jour brille de tous ses feux que la nuit lance l'armée des ombres à l'assaut de la Terre et du ciel.

Il en va de même avec l'énergie de votre corps. Si vous poussez l'activité physique (yang) à son paroxysme, vous vous épuisez et devez prendre du repos (yin). Une fois que vous vous êtes suffisamment reposé, l'agitation vous gagne et vous devez bientôt vous relancer dans l'action (yang). Que le yin ou le yang aille au-delà de son point de non-retour, c'est-à-dire perde le contact avec son opposé, vous êtes mort. Un yin en roue libre et vous voilà changé en glace. Un yang en roue libre et vous n'êtes plus qu'un filet de fumée.

Concernant notre relation avec le monde, l'usage le plus pertinent que l'on puisse faire de cette classification consiste sans doute à distinguer le plein (yang) du vide (yin). Lorsque l'énergie que vous dirigez vers le monde est forte (yang) et que le monde semble disposé à vous recevoir, alors vous êtes plein et le monde est vide. Le moment est venu pour vous de remplir le monde. En revanche, lorsque le monde tambourine à votre porte et vous appelle de toutes les directions à la fois, alors c'est lui qui est plein et c'est vous qui devez être suffisamment vide pour le laisser vous remplir.

On notera qu'une période de grande activité professionnelle et sociale (plénitude-yang) est suivie d'une phase d'ennui où rien ne se passe (vacuité-yin). Le fait de combattre ces fluctuations, de résister ou de tenter d'altérer une phase particulière, provoque des déformations dans votre champ d'énergie. Ces distorsions peuvent entraîner de graves altérations de santé, voire la mort. Lorsque la marée est montante, soyez prêt à l'accueillir, mais n'essayez surtout pas de la poursuivre lorsqu'elle redescend.

Quand l'époque est au calme et à l'inertie, contentez-vous d'attendre qu'elle se transforme d'elle-même. Le plein succède toujours au vide, le lumineux à l'obscur. Quand l'époque est au mouvement et au dynamisme, hâtez-vous d'en profiter, sans toutefois tenter de prolonger le cycle naturel.

La roue tourne et tourne sans jamais s'arrêter.

PRATIQUE

La seule voie infaillible est celle de la répétition. La seule voie infaillible est celle de la répétition. La seule voie infaillible est celle de la répétition.

Si possible, levez-vous suffisamment tôt le matin pour consacrer une heure pleine à votre entraînement. Abandonnez sans regret les résidus des rêves nocturnes dans la fosse du sommeil, puis revêtez votre jogging préféré – molletonné ou pas, selon la saison – et trottinez résolument jusqu'à l'aire d'exercice que vous vous serez choisie à l'extérieur de votre domicile. Une série d'exercices d'échauffement taoïstes vous aideront à vous éclaircir les idées, à détendre vos articulations, redresser votre colonne vertébrale, stimuler vos organes internes, réguler votre flux d'énergie et aiguiser votre attention. Boxez ensuite contre un adversaire imaginaire, pratique qui fera grimper de quelques degrés le niveau de votre énergie intérieure. Terminez par quelques exercices de méditation et dites votre prière du guerrier de la façon qui vous conviendra le mieux.

Une telle pratique quotidienne a pour objectif de vous mettre en harmonie avec votre environnement et de vous préparer à affronter la journée avec sérénité.

À présent que votre bouclier psychique est consolidé, saluez en vous inclinant légèrement et filez prendre une douche.

Bien sûr, vous pouvez tout à fait changer ce rituel en y introduisant telle ou telle pratique taoïste qui aura votre préférence – tai chi, hsing i et pakua comptant parmi les plus efficaces. À vrai dire, toute pratique visant à vous extraire de votre mental pour vous immerger dans votre corps fera l'affaire. Jogging, marche à pied, rollers, natation, yoga, haltères, méditation, gym tonic. La discipline a peu d'importance, pourvu que vous commenciez chaque journée par un face-à-face de corps et d'esprit avec vous-même.

C'est par la répétition de ce rituel quotidien que se construira peu à peu votre pouvoir personnel. Peu importe que certaines séances soient moins abouties que d'autres. L'essentiel est de s'astreindre à cet exercice quotidien.

Soyez patient. Ne fléchissez pas, ne vous découragez pas. Chaque pas, aussi modeste soit-il, vous rapproche du sommet de la montagne.

ESPACE SACRÉ

Il est profitable de lire ces pages, mais à moins de vous réserver un moment bien défini pour ce rendez-vous avec votre être intérieur, vous courez le risque de faire de votre vie un simple concept intellectuel.

Pour être au meilleur de vous-même et utiliser à plein votre potentiel, il est nécessaire que votre conscience investisse tous les recoins de votre être, de la plante des pieds à la racine des cheveux. Votre esprit doit se loger aussi bien dans vos hanches que dans votre tête. S'il n'occupe que la tête, votre expérience de la réalité sera purement intellectuelle et manquera d'authenticité.

Pour être authentique et pas seulement conceptuel, il est primordial de prendre conscience de votre sacrum, cette masse osseuse triangulaire sise entre les os du bassin et la base de la colonne vertébrale, qui est le pôle central de l'être. Sacrum est un mot latin qui signifie « lieu sacré ». Ainsi nommé parce qu'il abrite l'énergie génératrice de l'individu.

Cette énergie, communément ressentie sous la forme d'excitation sexuelle, est également le moteur de vitalité pour l'ensemble de la structure psychophysique.

Toute forme de pratique liée au yoga utilise cette énergie sacrée pour stimuler les centres psychiques supérieurs du cerveau et permettre d'accéder à l'illumination. Lorsque votre esprit est connecté au couloir d'énergie circulant de la tête aux hanches, vous êtes à même de fonctionner dans la plénitude de votre individualité. La meilleure façon d'y parvenir est de réserver un peu de temps chaque jour au développement de la conscience du sacrum.

Préférez pour cela le matin, quand le jour est encore neuf. C'est le moment où le chi cosmique est vigoureux et les interférences psychiques sont moindres. Le reste du monde n'est pas encore tout à fait réveillé, votre esprit est pur de toute négativité.

Certaines personnes se connectent à leur moi sacré au moyen de la contemplation. D'autres le font par la prière. D'autres encore en pratiquant une discipline physique. Peu importe. Tai chi, méditation, marche à pied, yoga ou danse du ventre. Tout est bon dès l'instant qu'une pratique quotidienne est instaurée, et qu'elle implique tout votre être.

Dans le but d'établir un contact avec votre sacrum, imaginez que vous avez un nez à cet endroit, par

*lequel vous inspirez et expirez. Après quelques « res-
pirations », vous ressentez une sensation de chaleur
fluide. Continuez les inspirations-expirations. La
sensation remontera bientôt le long de la colonne
vertébrale, jusqu'au cerveau. Vous voilà à présent
dans la plénitude de votre être.*

SANCTUAIRE

Donnez-vous un sanctuaire.

Le paradis dans lequel on évolue n'est pas tout
rose. On y trouve des démons et autres fantômes
affamés prêts à nous sauter sur le dos pour pomper
notre énergie. Il est donc essentiel de se replier quotidiennement dans notre sanctuaire intime afin de
recharger nos batteries.

Vous pouvez vous créer votre propre sanctuaire à
peu près n'importe où – un coin de votre chambre,
une clairière dans le parc voisin, une cabane dans les
bois. Disposez au minimum un objet sacré dans l'endroit choisi. Sacré ne veut pas dire religieux. Un
balai-brosse peut très bien convenir. L'important est
que ledit objet vous serve de pense-bête pour déli-
miter votre territoire sanctifié. Une bougie évoquera
dans votre esprit le miracle de la lumière, une cou-
pelle d'encens plaira aux dieux et aux esprits tout en
chassant les odeurs profanes.

Les mots « sanctuaire » et « sanctifié » viennent du
latin *sanctus*, qui signifie « saint ». Sanctifier un
endroit particulier implique donc de le rendre sacré
afin d'y faire l'expérience de sa propre complétude.

Vous vous y sentirez protégé et libre de tout stress pour pratiquer vos exercices de concentration.

En entrant dans votre sanctuaire et en le quittant, esquissez une forme de salut, un geste de la tête, un signe de la main, cela pour vous rappeler que ce domaine est sacré. Ce sanctuaire est en fait une métaphore de votre propre temple intérieur, qui sera d'autant plus aisé à atteindre que vous disposerez d'un endroit sanctifié pour orienter votre esprit dans la bonne direction.

Entrez dans votre sanctuaire et dites à voix haute « ceci est mon espace sacré », ou une formule approchante. Faites ensuite les exercices que vous vous serez fixés pour vous connecter à votre sanctuaire intérieur. Inutile de faire trop long. Une vingtaine de minutes devraient suffire. Une fois le contact établi, passez un contrat avec vous-même selon lequel vous vous engagez à ce rendez-vous quotidien. Lorsque vous partez en voyage, emportez votre objet sacré avec vous. Où que vous soyez, vous pourrez ainsi établir un sanctuaire temporaire pour une durée donnée.

RESPIRATION

La respiration est la chose la plus importante dans cette vie. Tout le reste peut attendre.

On peut passer des années à l'écart des autres humains. On peut se priver de nourriture pendant un mois, d'eau pendant quelques jours. Mais nul ne peut passer plus d'une minute et quelques sans respirer.

Voilà à quel point c'est important.

Essayez un peu pour voir. Retenez votre respiration pendant 73 secondes (ne faites pas cet exercice en cas de problèmes respiratoires ou cardiovasculaires).

La façon dont vous respirez est presque aussi cruciale que l'acte même de respirer. La respiration agit comme régulateur de l'ensemble de la structure psychophysique. Lorsque vous ralentissez votre respiration, votre esprit s'apaise et votre corps se détend. Lorsque vous accélérez le rythme, vos pensées sont plus agitées et votre corps plus tendu.

Placez les mains sur la poitrine, juste sous les côtes. Inspirez profondément. Vous sentez quelque chose se soulever et prendre de l'ampleur. C'est votre diaphragme, qui sépare le thorax et l'abdomen. Quand vous le laissez se soulever et retomber librement et sans heurt, vos pensées et votre énergie s'écoulent dans une direction créative. Si vous retenez votre respiration, ce que l'on fait inconsciemment dans les moments de stress, vos pensées s'enlisent dans la négativité et votre énergie baisse considérablement.

Je ne vous propose pas de vous initier aux techniques de respiration du yoga. Cessez tout simplement de retenir votre respiration, et ralentissez la cadence.

Votre aptitude à établir un contact et à canaliser votre force psychique dépend avant tout de votre aptitude à harmoniser les mouvements du diaphragme. Votre aptitude à atteindre la paix intérieure, quelles que soient les conditions extérieures, dépend de votre aptitude à maintenir une respiration équilibrée en toutes circonstances. Pour ce faire, vous devez être attentif et vigilant.

Apprendre à surveiller sa respiration, c'est un peu comme conduire une voiture. Au début, vous devez concentrer toute votre attention sur le mécanisme de la conduite. Puis vous gagnez peu à peu en assurance et, sans relâcher votre vigilance, vous pouvez réfléchir à tel ou tel sujet ou tenir une conversation avec l'un de vos passagers. Il en va de même pour la respiration. Si vous n'êtes pas attentif, c'est l'accident. Ce qui ne veut pas dire que vous ne pouvez pas faire autre chose en même temps.

Dans le cours de votre journée, n'hésitez pas à ausculter fréquemment votre diaphragme. Efforcez-vous de le relâcher s'il est crispé. Cette manœuvre ne vous prendra pas plus de quinze secondes à chaque fois et elle est essentielle car, en tant que guerrier, votre survie dépend de votre respiration.

Tandis que vous inspirez et expirez, vous êtes engagé dans un processus d'échange de gaz sur une échelle universelle.

Chaque mouvement du diaphragme affecte l'atmosphère d'une manière subtile. L'acte de respirer vous met en contact ténu avec toutes les autres créatures vivantes qui peuplent la planète et qui, comme vous, y respirent. Afin d'optimiser cette relation au maximum, ainsi que les bienfaits qu'elle est susceptible de vous apporter au plan personnel, il est important de respirer correctement.

Lorsque vous inspirez, votre abdomen doit se gonfler ; lorsque vous expirez, il doit se contracter. Or, nous faisons souvent l'inverse : thorax gonflé et abdomen rentré pendant l'inspiration, thorax affaissé et abdomen dilaté pendant l'expiration. Cette façon de faire va à l'encontre du mouvement naturel du diaphragme et réduit sensiblement votre capacité respiratoire.

Il n'est pas toujours facile de se défaire d'une mauvaise habitude. Mais le jeu en vaut la chandelle. Apprendre à bien respirer améliorera considérablement vos rapports à la réalité. Pour ceux qui ne craignent pas de s'engager dans la voie du mieux-être, voici un petit exercice de visualisation que je leur conseille de pratiquer jusqu'à ce qu'il devienne automatique. Les premières séances vous prendront soixante secondes environ, un peu plus si nécessaire, pour parvenir au but désiré. Ensuite, cet exercice deviendra comme une seconde nature et s'effectuera le temps d'un clignement d'yeux.

Pourquoi ne pas commencer dès maintenant ?

Imaginez que vous avez une éponge logée au creux de l'abdomen. Une éponge spéciale qui réagit à l'air et non à l'eau. Visualisez-la gonflée d'air. À présent, contractez les muscles de l'abdomen en les étirant vers l'arrière, vers la colonne vertébrale. Ce mouvement comprime l'éponge et chasse l'air à travers les narines ou la bouche tandis que vous expirez. Elle reprend ensuite naturellement son volume en se remplissant d'air au moment de l'inspiration. Comprimez à nouveau l'éponge et laissez-la revenir à son volume initial, etc.

Pour une pratique correcte de cet exercice, il vous suffit de vous concentrer sur le mouvement d'expiration et la contraction des muscles abdominaux. L'autre versant de la respiration se fait tout seul.

Notez que plus votre respiration est silencieuse et égale, plus vos pensées et votre énergie auront un flot paisible.

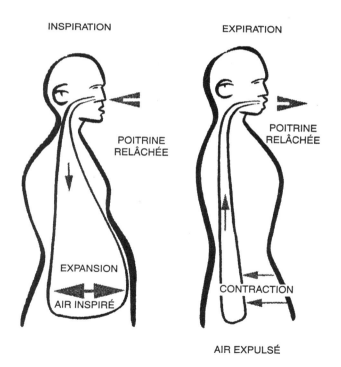

MÉCANISME DE LA RESPIRATION (vue latérale)

RESPIRATION EN QUATRE PALIERS

En réglant le rythme de votre respiration, vous influez sur le rythme de tous les événements de votre vie.

Le rythme de votre respiration influence directement le rythme de vos pensées et vice versa. Quand vos pensées se ralentissent, les événements autour de vous sembleront se ralentir de concert pour vous permettre d'accomplir davantage en utilisant moins d'énergie. Quoi qu'il en soit, le rythme de votre respiration, une fonction qui est directement sous votre contrôle, est la seule voie vous permettant d'agir sur les battements de votre cœur.

En ralentissant votre respiration, vous ralentissez du même coup votre rythme cardiaque. Votre disque dur est programmé pour un nombre prédéterminé de battements de cœur. Au terme du décompte, vous mourez. Vous pouvez donc prolonger votre temps ici-bas en étirant votre quota de battements sur une période plus longue.

Ralentissez votre rythme respiratoire et cardiaque et c'est toute la vie autour de vous qui lèvera le pied pour s'accorder à votre pas. Vous avez tout à y gagner et rien à perdre.

Pour opérer cette décélération, vous devez vous rappeler de concentrer régulièrement votre attention sur la façon dont vous respirez. Une méthode simple et efficace consiste à instituer une pause presque imperceptible à mi-parcours de l'inspiration, puis à mi-parcours de l'expiration (1-1 et 2-2).

Cela revient, en quelque sorte, à faire un nœud au mouchoir de votre respiration. De cette manière, vous serez continuellement conscient du processus respiratoire et cardiaque qui vous anime. Cette méthode respiratoire en quatre paliers est particulièrement utile lorsque vous courez. Synchroniser le rythme respiratoire (1-1 et 2-2) avec chaque enjambée permet d'éviter l'essoufflement. Même chose lorsqu'il s'agit de monter une pente raide ou de déménager un piano.

Elle sera également une aide précieuse pour vous aider à atteindre l'immortalité spirituelle.

Asseyez-vous confortablement en étirant votre colonne vertébrale autant que possible. Inspiration – pause – fin d'inspiration et expiration – pause – fin d'expiration. Respirez ainsi neuf fois de suite en ralentissant progressivement le tempo. Répétez l'exercice les jours suivants, puis entraînez-vous à le faire en marchant, en courant. Pour l'instant, laissez le piano de côté !

CONSCIENCE DU CORPS

Votre corps, et pas seulement votre tête, est le champ dans lequel vous éprouvez tout ce qui se passe dans votre vie.

Les ennuis commencent quand vous passez trop de temps dans votre tête. L'énergie localisée dans les reins s'élève jusqu'au cerveau tel un vent chaud, ce qui affecte le cours de vos pensées, les entraînant dans un cercle sans fin, pouvant éventuellement provoquer certains désordres psychiques – maux de tête, nuque raide, accès de démence – et altérer votre perception de la réalité.

Pour développer votre chi et prendre la pleine mesure de cette réalité dans laquelle vous vivez, vous devez avant tout devenir conscient de ce que vous ressentez dans votre corps, parce que c'est là que le chi s'élabore et qu'il est stocké. Cette forme de conscience est l'opposée de celle qui consiste à percevoir son apparence de l'extérieur, c'est-à-dire d'un point de vue exclusivement mental.

Le développement du chi dépend entièrement de votre capacité à pouvoir envoyer votre esprit à volonté dans n'importe quelle partie du corps. Dans cette optique, concentrez-vous sur telle ou telle zone bien définie, l'abdomen par exemple, et efforcez-vous de ressentir de l'intérieur ce qui s'y passe précisément.

Après avoir lu ces lignes, fermez les yeux et, partant d'un point situé entre les oreilles, envoyez votre esprit vers le ventre – un point situé au niveau du nombril. Imaginez que vous possédez un nez à cet endroit précis, par lequel vous inspirez et expirez. Prenez conscience de toute tension ou perturbation s'y exerçant. À moins que vous ne soyez le Bouddha en personne, il y a de bonnes chances pour que vous en rencontriez ! Efforcez-vous de chasser ces nuisances tout en continuant à respirer par le nez-nombril. Après une trentaine de respirations environ, une sensation de chaleur s'installera peu à peu. Vous commencez alors à ressentir les effets du chi. Répétez ensuite cet exercice en l'appliquant à d'autres points du corps : paume de main droite, extérieur du genou gauche,

plexus solaire, etc. Faites en sorte de vous connec-
ter de plus en plus rapidement, jusqu'à atteindre
la quasi-immédiateté.

L'ATTENTION

Pour normaliser, stabiliser et harmoniser toutes les fonctions physiques, émotionnelles et mentales, il vous faut tout d'abord prendre conscience qu'elles sont déséquilibrées.

L'attention nous permet de contrôler ce que nous faisons au moment où nous le faisons sans en interrompre le cours. Nous nous donnons ainsi les moyens d'ajuster nos actions tout en restant agissant.

C'est comme regarder un personnage dans un film. Une femme. Elle est allongée sur un lit. Inquiète. Une sensation désagréable au creux de l'estomac. La respiration incertaine. La nuque crispée. Elle pense aux choses qu'elle doit faire aujourd'hui, aux coups de téléphone qu'elle doit donner. Elle se demande ce qu'elle a fait de ses lunettes, et ce qui se passera si elle ne les retrouve pas, si elle pourra prendre un peu de vacances le mois prochain et si la sensation de vide qui la tenaille ne pourrait pas se combler en mangeant un sandwich. Elle est tellement immergée dans cet enchaînement de pensées et de sensations qu'elle n'est même pas consciente de son état d'immersion. Vous, si. Parce que vous regardez le film.

Imaginez maintenant que ce film est interactif. Vous constatez que le personnage féminin se projette dans le futur, vous cliquez pour le ramener dans le présent. Vous constatez que sa respiration est fébrile, vous cliquez pour obtenir une respiration profonde et régulière. Son corps est crispé et recroquevillé, vous cliquez pour le détendre et l'installer plus confortablement. Vous voyez alors la peur s'évaporer de son corps tandis qu'elle s'étire en soupirant d'aise. Elle se lève et se dirige vers la cuisine pour se confectionner un sandwich.

Imaginez maintenant que vous n'êtes pas seulement le spectateur de ce film interactif mais aussi le personnage principal, et que vous avez le pouvoir de réguler et d'harmoniser le flot de pensées et de sensations sans interrompre l'action. Cette fonction est celle de l'attention. Pour en connaître les codes d'accès, lisez attentivement les paragraphes suivants.

CENTRAGE

Où que vos pensées aillent, le chi va aussi.

Le centrage est un moyen psychophysique pour rassembler le chi autour d'un point situé juste au-dessous du nombril, et cela par la simple conviction que c'est effectivement là qu'il se trouve. Une fois centré, le chi devient une forme unifiée, un moyeu autour duquel gravitent les mondes extérieurs tel le pourtour d'une roue. Ainsi centrées au centre du monde phénoménal, vos pensées seront plus claires et vous serez à même de faire les choix adéquats. Votre énergie se mobilisera ensuite tout naturellement afin de nourrir et d'assumer ces choix.

Votre centre est inactif et dormant jusqu'au jour où vous décidez qu'il existe, tout d'abord en imaginant qu'il existe, puis en vous habituant à son existence, jusqu'à ne plus en douter.

Imaginez que votre chi est un tas de pièces d'or répandu sur le carrelage de votre hypermarché local. Votre centre (sous le nombril) est un sac. Vous devez ramasser toutes les pièces le plus rapidement possible et les jeter dans le sac avant que les badauds ne commencent à faire la cueillette à votre place. Et vous devez le faire le plus sereinement du monde afin de ne pas attirer l'attention. Une fois que toutes les pièces sont dans votre sac, détendez-vous et soyez heureux. Vous êtes riche !

Si votre chi est épars, comme le sont les pièces d'or, vous ne serez jamais pleinement présent dans ce que vous faites. Le fait de vous centrer condense votre pouvoir tandis que l'éparpillement le dissipe. Par ailleurs, lorsque vous vous rassemblez autour de votre centre intérieur, vous vous connectez instantanément à votre corps spirituel et entrez dans la dimension spirituelle, ce qui vous procurera un peu de cette grâce que vous recherchez et qui vous réchauffera comme une bonne assiette de soupe après une journée froide et humide.

POSITION

À ce moment précis, la position que vous adoptez affecte directement votre point de vue, votre attitude et votre caractère.

Si vous êtes assis dans une mauvaise position, vous contrariez votre respiration, les fonctions de vos organes internes et votre courant énergétique, vous comprimez votre esprit et limitez votre perception. Bref, vous vous diminuez vous-même. En revanche, si vous vous donnez les moyens de remplir le maximum d'espace à l'intérieur de votre corps, à la fois horizontalement et verticalement, votre esprit s'épanouira, votre chi galopera de bonheur et votre expérience de la réalité s'en trouvera grandie.

Se tenir dans une mauvaise position revient à vivre dans une maison branlante dont les murs menacent de s'effondrer. La pression exercée sur les murs endommage la plomberie et l'installation électrique. Les fuites dues aux canalisations défectueuses provoquent des infiltrations, qui elles-mêmes entraînent de sérieux dégâts dans la structure, etc. Si vous devez vivre dans une telle maison, vous avez le choix entre devenir fou, vous lancer dans des travaux de réfection ou bien déménager.

Votre corps est votre premier environnement, votre vraie maison. Comme vous ne pouvez pas le quitter pour emménager dans un autre, il vous reste la folie ou les travaux de réfection. Le travail sur soi ne coûte rien, il est facile à réaliser au quotidien et présente l'avantage de vous remettre très rapidement d'aplomb.

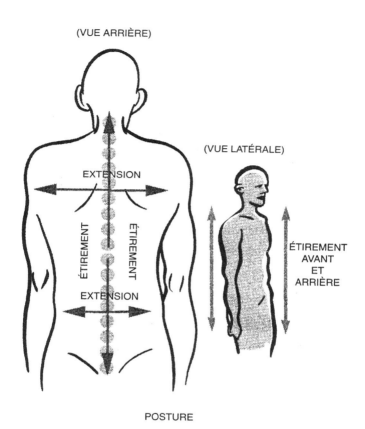

(VUE ARRIÈRE)

(VUE LATÉRALE)

EXTENSION

ÉTIREMENT ÉTIREMENT

EXTENSION

ÉTIREMENT
AVANT
ET
ARRIÈRE

POSTURE

La colonne vertébrale est le support structurel qui maintient l'ensemble du squelette en position verticale. Tout en respirant lentement et régulièrement, détendez la nuque et le bas du dos. Continuez à respirer régulièrement et étirez mentalement la colonne vertébrale, tout d'abord vers le bas, à partir

49

de la taille jusqu'au coccyx, puis vers le haut, de la base du cou jusqu'à la pointe de la tête. Simultanément, étirez le devant du corps, depuis la ceinture pelvienne jusqu'au-dessus du plexus solaire.

La ceinture pelvienne et la ceinture scapulaire sont les supports horizontaux qui permettent à l'ensemble de votre structure d'abriter les organes internes et de demeurer droite. Continuez à vous étirer vers le haut tout en vous efforçant d'élargir vos ceintures pelvienne et scapulaire.

Ainsi, en même temps que vous étirez l'axe vertical de votre structure vers le haut et vers le bas, vous étirez l'axe horizontal vers les côtés. De cette façon, vous disposez du maximum d'espace intérieur pour augmenter l'interaction des fonctions psychophysiques.

RELAXATION

Se relaxer ne veut pas dire s'écrouler. Nul besoin de s'écrouler pour se relaxer, mais sans relaxation, vous risquez de vous écrouler.

Se relaxer ne veut pas dire s'écrouler dans une inertie complète. L'art de la relaxation consiste simplement à n'utiliser que le minimum de force de tension et de chi nécessaire. Il ne s'agit pas de s'affaler comme la voile d'un bateau ou de sombrer dans le creux d'un canapé face à la télé, mais d'arrondir les angles avec grâce et légèreté.

Pour ce faire, cessez de vous agripper intérieurement, relâchez-vous, détendez le plexus solaire, régulez votre respiration, laissez votre ossature supporter votre poids et dégagez votre mental du train de pensées qui tourne dans votre tête. Regroupez-vous autour de votre centre puis épanouissez-vous peu à peu jusqu'à remplir l'ensemble de votre enveloppe physique. Plus besoin de vous contracter ou d'exercer la moindre tension sur votre corps. Au contraire, laissez aller. Toute tension aurait pour effet de déformer et d'obscurcir vos enveloppes physique et mentale. Détendez-vous. Quoi que vous soyez en train de faire, détendez-vous. Vous n'en serez que plus efficace dans les tâches que vous effectuez. D'autre part, l'aura de bien-être et de paix que vous diffuserez autour de vous se communiquera à votre entourage, qui s'en trouvera positivement affecté.

En toutes circonstances, optez pour la relaxation active et repoussez les tensions inutiles. La relaxation permet d'éviter toute déformation des ondes d'énergie qui vous entourent, qu'elles soient sortantes ou entrantes. Parce que ces ondes sont infinies, elles influent imperceptiblement sur l'ensemble de l'univers, si bien que l'état de relaxation que vous voulez bien vous accorder est un cadeau que vous offrez à tout un chacun.

Relaxation et tension. Pour explorer les différences entre ces deux états opposés et décider lequel est le plus profitable pour vous, commencez par contracter chaque muscle de votre corps, depuis le sphincter anal jusqu'aux commissures des yeux, depuis le petit doigt de pied jusqu'au petit doigt de la main. Raidissez les muscles au maximum tout en retenant votre respiration. Vous devenez un bloc de béton, une masse d'énergie figée. Maintenez cet état pendant neuf secondes. Puis relâchez brusquement.

Répétez l'exercice deux ou trois fois. Ensuite, relaxez-vous profondément. Laissez-vous envahir par cette douce sensation de relâchement général. À présent, vous êtes en mesure de faire votre choix. Soyez béton ou soyez cool.

COULER ET LAISSER COULER

Abandonnez votre peur de couler, abandonnez tout pour un moment et laissez-vous couler.

Le fait de couler est le raffinement de la relaxation. Couler, c'est s'ancrer en soi-même, ce qui évite à l'esprit de flotter au loin tel un nuage. Flotter peut s'avérer très beau mais aussi très dangereux si vous perdez votre lien avec la réalité, avec le sol. Et plus vous planerez haut, plus vous serez une proie facile pour les personnes mal intentionnées.

Couler ne veut nullement dire se ratatiner comme une poupée de chiffon. L'un accroît votre présence, l'autre la réduit. Vous n'avez rien à redouter à vous laisser couler. La traction exercée vers le bas, vers le centre de la Terre, est contrebalancée par la poussée verticale de l'esprit de vitalité. De plus, un tel ancrage permet d'acquérir une base psychique stable pour l'esprit, à partir de laquelle il aura tout le loisir de flotter librement sans pour autant être vulnérable.

Les forces simultanées centripètes et centrifuges circulant le long de la colonne vertébrale vous mettent en relation directe avec les pouvoirs de la Terre et du ciel, c'est-à-dire avec votre propre pouvoir de création – facteur déterminant pour vous différencier de la limace !

Faites confiance à votre charpente osseuse, elle vous maintient à peu près droit. Laissez tout le reste de votre être charnel et énergétique descendre vers le centre de la Terre. Comme un arbre, vous prenez racine dans les profondeurs du sol. Si vous pratiquez cet exercice en position assise, sentez les racines pousser au travers du coccyx. Si vous êtes debout, sentez-les traverser les plantes de vos pieds.

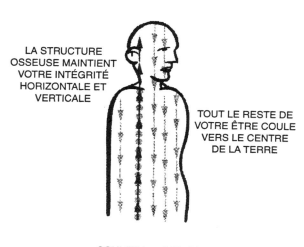

LA STRUCTURE
OSSEUSE MAINTIENT
VOTRE INTÉGRITÉ
HORIZONTALE ET
VERTICALE

TOUT LE RESTE DE
VOTRE ÊTRE COULE
VERS LE CENTRE
DE LA TERRE

COULER (vue latérale)

VOS PIEDS

Si le guerrier veut se tenir droit face à la tempête, il lui faut une solide paire de pieds.

Sans pieds, impossible de se tenir debout, de marcher, de courir ou de faire le funambule. Pensez-y. Rendez grâce à la nature de vous en avoir accordé une paire, et dites-vous qu'il ne serait peut-être pas inutile d'approfondir le rapport étroit qui vous unit à vos pieds.

Ils vous portent à chaque pas que vous faites. Ils sont la base de votre verticalité et le moteur de votre volonté d'action.

Concentrez-vous sur la plante de vos pieds la prochaine fois que vous serez en train de danser, de marcher, de courir. En même temps que d'accroître la sensation d'ancrage, cela vous aidera à affermir votre pas sur le chemin de la vie.

Vos pieds vous portent grâce à un mécanisme tripode flexible ultrasophistiqué. Le poids du corps passe en effet par trois points : l'extérieur du talon, le gros orteil et le petit orteil. Ce mécanisme de contact au sol est parfois faussé en raison d'une mauvaise répartition du poids, qui entraîne à son tour un déséquilibre dans toute la structure physique. L'exercice qui suit vous permettra de vous rééquilibrer et d'accroître votre stabilité, au plan physique tout d'abord, et par voie de conséquence au plan spirituel.

Ôtez chaussures et chaussettes et tenez-vous debout, les pieds écartés et parallèles, le poids également réparti sur les deux jambes. Pliez légèrement les genoux, le ventre rentré, la tête bien droite, et écartez les doigts de pieds au maximum. Tirez ensuite votre voûte plantaire vers le haut sans décoller les pieds du sol et redistribuez votre poids de façon qu'il se répartisse également par les trois points du tripode.

La pratique quotidienne de cet exercice (durée : deux minutes environ) corrigera non seulement votre position générale, mais aussi votre façon d'aborder la vie, métaphoriquement parlant. Le travail de rééquilibrage peut prendre de trois semaines à trente-trois ans, selon l'ampleur des dégâts et la fréquence des exercices. Important : veillez à la façon dont vous vous chaussez et marchez pieds nus dès que vous en avez l'occasion.

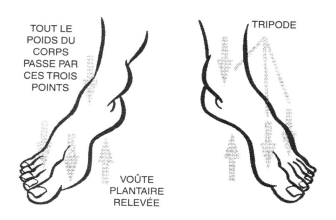

TOUT LE POIDS DU CORPS PASSE PAR CES TROIS POINTS

TRIPODE

VOÛTE PLANTAIRE RELEVÉE

VOS PIEDS

Marcher pieds nus le plus souvent possible, particulièrement sur un sol caillouteux, renforce la plante des pieds et stimule le flux général du chi au travers des points de réflexe.

Faites savoir à vos pieds que vous les aimez. Massez-les, pétrissez-les, caressez-les, aspergez-les d'huile essentielle de lavande (pour prévenir l'apparition de champignons). Ils vous en seront reconnaissants. Aimez vos pieds, vos pieds vous aimeront.

AUGMENTER L'ESPRIT DE VITALITÉ

Maintenez l'énergie au sommet de la tête légère et sensitive.

Si vous tracez une ligne qui relie les pointes de vos oreilles en passant au-dessus du crâne, le sommet de la tête se trouve à mi-parcours. Les yogis appellent ce point précis le «lotus aux mille pétales», les taoïstes «le point de rencontre des cent énergies». Il est pareil à une antenne qui, lorsqu'elle est activée, connecte votre cerveau à toute information (énergie) contenue dans le cosmos. La capacité de votre mémoire, le nombre de filtres en activité et la vitesse d'enregistrement de vos processeurs internes sont les seules entraves à un accès illimité à l'information. Les Indiens Hopi recommandent de toujours maintenir cette porte ouverte de façon à recevoir les conseils provenant des royaumes supérieurs.

Telle est en effet sa fonction externe. Intérieurement, elle agit comme un aimant, attirant les énergies vitales positives et remontant littéralement le moral. C'est ce qui vous fait sortir du lit le matin au lieu de rester toute la journée sous la couette en vous répétant que de toute façon rien ne sert à rien.

Pour activer ce point, et élever ainsi votre niveau de vitalité, visualisez une boule de lumière de quinze centimètres de diamètre qui tourne sur elle-même juste au-dessus du sommet de votre crâne. Si vous pratiquez cet exercice de visualisation jusqu'à ce qu'il devienne habituel et automatique, votre esprit s'ouvrira telle « une fleur de lotus aux mille pétales » et sera réceptif aux impulsions provenant d'en haut.

LES TROIS TANTIENS

Si vous brûlez d'édifier en vous un noyau impénétrable et imperturbable, lisez attentivement ce qui suit.

Vous possédez à l'intérieur de votre corps trois centres d'alimentation psychiques, ou tantiens (champs célestes) connectés aux sept chakras du yoga. Lorsqu'ils sont actifs à l'unisson, ils forment votre noyau impérissable, lequel vous permet de donner naissance à votre corps spirituel.

Le premier de ces trois tantiens, l'« océan de vitalité », habituellement considéré comme le centre de l'individu, est situé trois centimètres au-dessous du nombril et à cinq centimètres en direction de la colonne vertébrale. Il est responsable de la transmutation du chi en force physique, en énergie de survie et en instinct de reproduction. Il représente le niveau le plus bas des fonctions énergétiques, dans le sens où il est le fondement même qui rend la vie possible.

Le tantien suivant est appelé le « palais pourpre ». Il est situé au milieu de la poitrine, au niveau du cœur, à sept centimètres en direction de la colonne vertébrale. Le palais pourpre est responsable de la transmutation d'énergie en passion et en émotions, sans lesquelles la vie serait aussi terne et insignifiante qu'un ticket de métro périmé. De lui nous viennent les spécificités humaines telles que l'amour et la haine, le désir et l'aversion, la générosité et la cupidité.

Le tantien supérieur, la « caverne de l'esprit originel », est situé au centre du cerveau, derrière les yeux et entre les oreilles, sensiblement au même endroit que la glande pinéale. C'est lui qui maintient notre disque dur en bon état de marche, qui transmue l'énergie en intelligence en intégrant les signaux émis par les sens pour les organiser en informations utilisables dans le cerveau. Plus souvent connu sous le nom de « troisième œil », le tantien supérieur nous permet de voir des choses que les yeux ne voient pas.

Lorsque les trois tantiens, ou champs célestes, sont actifs et travaillent ensemble, le pouvoir nous est donné de satisfaire nos désirs et d'en jouir par la grâce de l'intelligence. Voilà qui fait un être humain complet.

VISUALISATION DU PAYSAGE INTÉRIEUR

Si les paysages vous attirent, voici l'occasion de créer le vôtre au moyen de la technologie de réalité virtuelle.

L'exercice suivant vous aidera à accéder à vos trois tantiens afin d'y établir un noyau impénétrable et imperturbable.

À l'intérieur de votre abdomen repose l'obscur et insondable océan de la nuit, la lune se reflétant sur ses vagues. Les courants sous-marins s'écoulent vers l'intérieur de vous-même. Ils représentent votre force, votre vigueur. L'esprit et le corps au repos, efforcez-vous de rendre votre respiration synchrone avec les mouvements du courant. Puis dirigez votre attention sur les hautes falaises qui se dressent au-dessus de la mer, depuis le devant de votre colonne vertébrale jusqu'au milieu de votre poitrine.

C'est là que vous trouverez le palace pourpre, perché au sommet de la falaise. Ses portes et fenêtres grandes ouvertes laissent échapper une puissante lumière pourpre visible à des centaines de kilomètres de distance. Cette lumière figure votre inépuisable amour-passion pour la vie. Efforcez-vous à présent de synchroniser votre respiration avec le rayonnement de lumière pourpre. Puis gravissez le flanc de la falaise et passez la pagode de jade (zone cervicale). Vous accédez enfin à la caverne de l'esprit originel, nichée dans l'azur, juste sous la voûte de votre crâne. Asseyez-vous là. Entendez en bas les vagues se briser contre le pied de la falaise. Plongez le regard dans l'espace infini qui s'étend devant vous, inondé de la lumière blanche de l'esprit originel. Cet espace infini représente l'intelligence illimitée. Elle est vôtre. Vous lui appartenez comme elle vous appartient.

Posez-vous maintenant cette simple question : « Qui suis-je vraiment ? »

VISUALISATION DES TROIS DIVINITÉS AMIES

Si vous trouvez le scénario du Père, du Fils et du Saint Esprit un peu trop grandiloquent et abstrait pour vous aider à y voir clair dans la nuit de votre âme, voici une trinité qui vous réchauffera le ventre, le cœur et le cerveau.

En vous présentant les trois divinités taoïstes, le Renard Vigilant, le Bienfaiteur et le Contrôleur, je me dois de vous mettre en garde. Cette visualisation risque d'entraîner une certaine excentricité dans votre pratique. Si cela ne vous fait pas peur, alors bienvenue au CTA (Club de Taoïsme Alternatif).

Renard Vigilant vit dans la caverne de l'esprit originel. Comme son nom l'indique, il est vif, malin, roublard, et ne manque jamais une occasion de faire une bonne blague. Doué d'un sens de l'observation très développé, rien ne lui échappe. Il est génétiquement programmé ainsi. Si les renards se sont imposés comme l'une des espèces de guerriers urbains les plus efficaces, c'est bien parce qu'ils n'ont pas les yeux dans leur poche. Représentez-vous maintenant le Renard Vigilant, assis dans un coin de votre tête, sensible au moindre changement et toujours prêt à l'action. RV symbolise la faculté d'intelligence impartiale, rendue possible grâce au tantien supérieur. Tandis que vous vous concentrez sur lui, prenez conscience de l'idée de durée éternelle.

Le Bienfaiteur est royalement installé sur le trône du palais pourpre. Son être rayonne de bonté et d'amour inconditionnel, à l'égard de votre personne mais aussi à l'égard de tous ceux qu'il rencontre. Son travail consiste à réchauffer votre expérience de la réalité en vous donnant ce sentiment de paix et de contentement tant recherché, et qui est le fruit d'un libre flux d'amour entre le monde et vous. Concentrez-vous sur le Bienfaiteur et prenez conscience de l'harmonie absolue qu'il distille.

Descendons à présent au pied de la falaise, dans la région de votre abdomen. Installé dans son restaurant habituel sur le front de mer, le Contrôleur est un bon gros gaillard, un bouddha bedonnant. Il prend le contrôle de toute situation en murmurant à l'adresse de ceux qui peuvent l'entendre ses paroles de sagesse terre à terre. Parfaitement centré sur lui-même et sur sa royale assise, il est très heureux de tirer les ficelles par en dessous. Concentrez-vous sur lui et prenez conscience de son pouvoir illimité.

Si cet exercice de visualisation a porté ses fruits, efforcez-vous de maintenir et de prolonger le contact avec les divinités amies, de façon à avoir une vision claire des trois à la fois, chacune sur son propre territoire. Cette démarche a pour effet de libérer et d'équilibrer les forces psychiques dépendant de vos trois tantiens. Bien sûr, ces personnages sont de simples personnifications de forces. Vous avez toute liberté de changer leurs noms si cela doit vous aider à parfaire votre visualisation.

LA BOUCLE PSYCHIQUE

Chacun porte à l'intérieur de soi une boucle d'énergie psychique qui véhicule des ondes venues d'autres mondes. Elle existait bien avant notre naissance et continuera d'exister après notre mort. Se relier à ce flux énergétique affectera votre vie en profondeur.

Le corps fonctionne grâce notamment à un système de douze artères majeures et de soixante-deux artères mineures invisibles à l'œil nu. Ce sont elles qui font circuler le chi à travers les organes vitaux. Un autre groupe de huit artères psychiques a la charge d'une énergie plus puissante encore, antérieure à notre naissance, dont sont porteurs à différents degrés les guerriers, sorciers, gourous et autres maîtres spirituels. Parmi ces artères, deux d'entre elles – le canal du Contrôle et le canal Fonctionnel – ont une importance majeure. Le canal du Contrôle règle le flux d'énergie yang à l'intérieur du corps, énergie grâce à laquelle nous avons notamment la capacité d'imaginer, de concevoir des idées. Le canal Fonctionnel, pour sa part, règle le flux d'énergie yin et permet à ces idées d'exister.

Ensemble, ces deux artères forment une boucle potentielle plaçant la force psychique sur une orbite yin yang. Cette « mise en orbite » purifie, accélère, intensifie le courant psychique, permettant par là même de déterminer la forme de notre corps spirituel. (Comptez trois mois de pratique quotidienne environ pour parvenir à ce résultat). « Boucler la boucle » est donc crucial pour quiconque désire parvenir à l'immortalité spirituelle ou accomplir certains hauts faits spirituels tels que longévité, invisibilité, actes de guérison.

Le canal du Contrôle prend naissance entre les jambes, remonte par l'arrière de la colonne vertébrale jusqu'au sommet de la tête puis redescend entre les yeux, où il rejoint le canal Fonctionnel. Ce dernier s'écoule par la gorge, traverse le corps jusqu'à la région pubienne et la racine des organes génitaux pour rejoindre le canal du Contrôle entre les jambes.

L'exercice suivant, qui combine visualisation et respiration, vous aidera à stimuler votre boucle d'énergie psychique.

BOUCLER LA BOUCLE

Quand vous sentez votre esprit piquer du nez, piquez un sprint dans la boucle cosmique.

Visualisez votre boucle cosmique. Voyez-la se déployer depuis le sacrum jusqu'au sommet de la tête, descendre par la gorge en direction de la partie antérieure de l'os iliaque, puis remonter à nouveau. Prenez une profonde inspiration et imaginez que l'air s'étire vers le haut sur toute la longueur du canal du Contrôle, puis expirez et imaginez qu'il descend dans le canal Fonctionnel en bouclant la boucle au niveau des organes génitaux.

Pour vous aider à atteler le mental aux mouvements respiratoires, utilisez la méthode de respiration à quatre paliers. Lors de l'inspiration puis de l'expiration, faites une pause à mi-parcours de chaque canal.

Entraînez-vous à parcourir la boucle neuf fois de suite dans un état de conscience éveillée et de relâchement absolu. Vous constaterez qu'au bout d'une demi-douzaine de séances, la boucle se bouclera d'elle-même et de façon continue.

Une fois ceci accompli, habituez-vous à pratiquer l'exercice tout en courant, en marchant, en parlant, en dansant, en pratiquant le tai-chi, en faisant l'amour, en attendant votre tour chez le dentiste ou en faisant la queue au supermarché. Bref, dans toute situation quotidienne.

RÉCAPITULATION

Je ne peux vous abuser plus longtemps concernant votre situation métaphysique actuelle. Lire les lignes qui suivent ne sera pas suffisant pour vous faire progresser.

Tandis que vous avancez dans la voie du guerrier, que vous développez des pouvoirs de perception extrasensorielle et que de nouveaux horizons s'ouvrent à vous, tels que le contrôle des émotions, il est indispensable de revenir régulièrement sur tous les exercices proposés jusqu'ici.

Celui que je vous propose à présent aura pour effet dans un premier temps d'endiguer votre mental, pour mieux le libérer ensuite, enrichi d'une nouvelle clarté et d'une nouvelle vigueur.

Parvenu à ce point, il est judicieux de récapituler toutes les informations égrenées au cours des paragraphes précédents en une seule séance d'une demi-heure environ, ceci afin d'accéder à la dimension (peut-être déjà entraperçue précédemment) où réside le corps spirituel. Accéder régulièrement à ce domaine vous permettra de stabiliser votre structure psychique, condition nécessaire pour pratiquer sans risque les techniques du bouclier psychique, du manteau d'invisibilité et du voyage astral proposés ultérieurement dans ce Guide.

Récapitulez les étapes précédentes : respiration, centrage, relaxation, etc., en les travaillant l'une après l'autre dans un cycle de neuf respirations. Puis, concentrez-vous sur vos trois tantiens et introduisez la boucle psychique. En vous servant de la respiration à quatre paliers, bouclez la boucle psychique neuf fois de suite en pleine conscience éveillée.

Répétez cet exercice quotidiennement pendant neuf semaines. N'hésitez pas à interrompre le cours de vos activités habituelles pour une séance éclair. En musclant ainsi le corps spirituel, son autonomie de vol s'en trouvera augmentée.

BOUCLIER PSYCHIQUE

CERCLE HORIZONTAL

Une fois que vous avez appris à boucler la boucle, faites tourner le cercle cosmique.

Une ceinture d'énergie psychique tourne horizontalement autour de vous dans le sens des aiguilles d'une montre à la vitesse de trois cent mille kilomètres par seconde (vitesse de la lumière). Située au niveau du tantien inférieur, son rayon est d'un peu moins de deux mètres. Elle a la forme d'une roue dont le moyeu serait situé juste devant la colonne vertébrale, quelques centimètres sous le nombril, et tourne autour de vous à toute allure. Son mouvement reste à l'état latent jusqu'à ce qu'il soit activé par le mental. Elle joue alors le rôle de bouclier protecteur capable de repousser toute énergie négative dirigée sur vous, qu'elle soit verbale, intentionnelle ou factuelle.

Il suffit de visualiser la ceinture psychique pour la mettre en mouvement, c'est-à-dire de croire au pouvoir de votre imagination. Toutefois, après quelques séances de visualisation, vous sentirez sa force gyroscopique autour de vous et ne douterez plus de sa présence. Une fois mise en mouvement, elle le reste, et demandera seulement un entretien régulier (visualisation) afin d'ajuster son angle de rotation et de corriger tout défaut résultant d'éventuelles déformations dans votre champ énergétique.

Asseyez-vous confortablement et visualisez une ceinture de force psychique tournant autour de votre taille dans le sens des aiguilles d'une montre à la vitesse de trois cent mille kilomètres par seconde. Cette ceinture est composée d'une quantité infinie de particules de lumière, chacune d'entre elles tournant sur son axe à la vitesse de la lumière. Baissez les yeux alors que le cercle psychique est en mouvement, vous constaterez qu'il forme une masse lumineuse compacte depuis son centre jusqu'à sa circonférence. Restez bien centré. Bouclez votre boucle psychique en pratiquant la respiration en quatre paliers, et restez concentré sur le mouvement giratoire du cercle lumineux pendant environ quinze minutes. Si vous sentez que le vertige (ou l'ennui) vous gagne, arrêtez-vous plus tôt.

Lorsqu'une énergie néfaste tente un assaut contre vous, qu'elle soit psychique, physique ou virale, elle sera repoussée dans la direction que vous aurez choisie. La ceinture psychique peut aussi être utilisée pour dégager un espace autour de vous, par exemple sur une piste de danse bondée.

Vous êtes assis à la terrasse d'un café en train de manger un sandwich. On est en semaine. Les gens sont au travail et la rue est quasi déserte. Crevant alors le silence, des éclats de voix explosent non loin. Vous ne pouvez encore rien voir, mais tout porte à croire qu'il s'agit d'une bagarre entre ivrognes. Tout à coup, un jeune type bâti comme une armoire surgit de l'ombre. Il vous dévisage fixement d'un regard injecté de sang et commence à marcher vers vous. Il est horrible à voir. Les vêtements déchirés et souillés de vomi, le visage déformé par la haine, ses larges poings lardés d'estafilades.
Vous reposez lentement votre sandwich en déglutissant difficilement. La perspective d'un contact

physique ne vous enchante guère. Mais comment l'éviter ? À ce moment précis, la ceinture psychique que vous vous êtes régulièrement exercé à visualiser s'active d'elle-même.

Le type s'approche toujours sans vous quitter des yeux, plus menaçant que jamais. Il est maintenant à moins de trois mètres de votre table. Il avance encore d'un pas, pénétrant le rayon d'action de votre bouclier de protection, et est instantanément et irrésistiblement repoussé comme si quelqu'un avait pressé la touche « rewind » d'une télécommande.

L'ŒUF PSYCHIQUE

Au lieu de vous battre à coups de poing et de pied, grimpez à bord de votre œuf psychique.

Imaginez-vous à l'intérieur d'un œuf géant composé d'une infinité de particules de lumière, chacune tournant sur son axe à la vitesse de trois cent mille kilomètres par seconde. Son rayonnement vous enveloppe complètement.

Le noyau de cet œuf est situé au niveau de votre tantien inférieur, sous le nombril. Il est aussi le moyeu de la roue dont la circonférence n'est autre que votre ceinture psychique. Cet œuf se comporte comme une membrane psychique géante capable de filtrer toutes les ondes nuisibles émises par d'autres personnes. En théorie, il peut également vous protéger de moustiques porteurs de la malaria ou de tout autre virus aéroporté, bien qu'aucune preuve scientifique ne vienne étayer ce fait.

Le pouvoir de cet œuf demeure à l'état latent jusqu'à ce qu'il soit activé. Une fois opérationnel, il fait office d'écran de protection contre les attaques psychiques. Rappelez-vous que toute agression physique commence par une agression mentale. L'ivrogne qui vous attaque en pleine rue commence par vous agresser verbalement, le verbe provenant lui-même de pensées agressives.

Lorsqu'une personne, un amant éconduit par exemple, vous envoie des ondes chargées de violence, considérez cela comme une attaque psychique. Pareilles à des missiles téléguidés, les pensées ne manquent jamais leur cible. Tel est le principe du vaudou et de toute magie noire. Même chose lorsque quelqu'un vous jalouse. Les pensées négatives dirigées contre vous entrent en collision avec votre champ énergétique et portent atteinte à votre personne. Le tantien supérieur situé au centre de votre cerveau comporte une sorte de radar psychique capable de détecter l'approche d'un missile mental. Vous ne pouvez cependant pas passer votre temps à fixer l'écran radar (gare à la parano !), vous avez un tas de choses plus intéressantes à faire. Le Grand Designer a donc prévu cette membrane protectrice destinée à repousser toute attaque, de jour comme de nuit, et quel que soit votre état d'esprit.

La meilleure façon de procéder consiste à visualiser l'œuf protecteur chaque matin, au cours de votre séance de relaxation-méditation quotidienne. Ensuite, plusieurs fois pendant la journée, assurez-vous d'un bref coup d'œil que tout va bien. Enfin, le soir avant de vous endormir, dressez un état des lieux plus détaillé.

Outre sa fonction d'écran de protection psychique et physique, l'œuf possède également deux autres fonctions « optionnelles », c'est-à-dire pouvant être activées par un travail plus approfondi.

a) Une fonction de phare, qui vous permet de propager votre lumière psychospirituelle où que ce soit, d'accroître votre charisme et de distribuer des ondes harmonieuses dans votre environnement.

b) Une fonction d'aimant, qui vous permet d'attirer l'énergie positive vers vous. Cette énergie peut prendre des formes diverses : argent, amour, etc.

Le Club de Taoïsme Alternatif recommande vivement à ses membres de pratiquer la visualisation de l'œuf psychique avant tout déplacement en vélo dans un contexte urbain. Il rappelle également que sans une pratique journalière assidue, vous courez le risque de vous retrouver avec un œuf brouillé.

CORPS SPIRITUEL

Ce qui suit ne pourrait être que pure fiction, à moins que vous ne décidiez d'y croire, auquel cas le scénario devient réalité.

Comme le Tao, à partir duquel tout phénomène prend naissance, votre corps spirituel s'inscrit dans une durée infinie. Votre disque dur métaphysique a sauvegardé les informations relatives à toutes vos vies précédentes. Il renferme également la marque de fabrique de votre conscience individuelle, laquelle commence avant le début des temps et se prolonge au-delà de la fin des temps. Lorsque l'accouplement de votre père et de votre mère vous attira dans la présente incarnation, c'est votre corps spirituel, porteur de vos existences passées et futures, qui vous déposa sur les lieux de votre nouvelle implantation et resta avec vous pendant la période de gestation. Le jour où vous avez pris votre première respiration, il s'est retiré de la réalité brute pour se réfugier dans le royaume spirituel. Lors de votre passage de vie à trépas, il sera là pour vous guider vers votre prochaine méta-aventure. Il ne partage pas vos valeurs concernant le bien et le mal, le plaisant et le déplaisant. Sa mission consiste à vous mener bon gré mal gré là où l'exige votre croissance spirituelle.

Si vous parvenez à vous connecter à votre corps spirituel dans un état de conscience éveillée, vous aurez l'immense avantage de vous octroyer un droit de regard sur votre destinée. Les maîtres spirituels et les guerriers (et guerrières) accomplis qui ont acquis ce pouvoir peuvent non seulement déterminer le jour et l'heure de leur mort, mais aussi choisir la sphère céleste vers laquelle diriger leur âme. Ils maîtrisent également la nature et l'issue des événements et des situations qui surviennent dans leur sphère physique, et ont la capacité de voir clairement dans le passé et l'avenir.

Le guerrier détenteur de ce pouvoir (connecté à la Source) peut également accomplir des guérisons miraculeuses, se rendre invisible, demeurer dans un état de paix intérieure permanente, et même augmenter ses performances sexuelles.

Une pratique régulière de l'exercice décrit dans le paragraphe « Récapitulation » vous aidera à vous connecter à votre corps spirituel, mais il y a moyen d'accélérer le processus en effectuant la visualisation suivante.

Blotti dans l'espace situé entre le nombril et le plexus solaire se tient une petite créature (pc) qui vous ressemble en tout point, sauf un : il n'a aucun défaut. Impeccable de la tête aux pieds, pc brille de tous les feux de l'absolue perfection. Respirez lentement et imaginez que vous gonflez pc de votre souffle, et qu'il augmente de volume jusqu'à remplir complètement votre enveloppe physique. Il continue de grandir, s'étend au-delà des limites de votre corps. Là, vous notez que pc est devenu cs (corps spirituel). Sans cesser de lui injecter de l'air, vous remarquez qu'il atteint maintenant la taille d'une grande maison, puis celle d'un pâté de maisons, puis celle d'une ville, etc. Bientôt, c'est l'univers entier qui est contenu à l'intérieur de votre corps spirituel.

Parvenu à cet état d'omnicontenance, et conséquemment d'omnipotence et d'omniscience, vous pouvez tout à loisir explorer l'univers ainsi refait à neuf. Cherchez à présent dans les recoins de votre ancienne mémoire la raison pour laquelle vous avez décidé de vous dilater pareillement. Souvenez-vous. C'était pour prendre conscience de tout ce qui est à l'intérieur de vous. Vous y êtes. Vous êtes cette conscience même. Accordez à présent votre divine bénédiction à tout ce qui existe, comme vous souhaiteriez que vous l'accorde un être d'une telle grandeur. Lorsque vous estimez en avoir assez fait, il ne vous reste plus qu'à dégonfler pc, votre respiration fonctionnant comme un gonfleur inversé, et à regagner la réalité.

La prochaine fois que vous demandez assistance et protection, par exemple quand vous serez en bicyclette au milieu de la circulation du centre-ville, imaginez que pc est le destinataire de vos prières.

DONNER DU MOU

Pour s'élever, il faut savoir lâcher du lest.

Vous voulez obtenir quelque chose. Un aller simple pour la Polynésie, la projection de votre corps spirituel dans la septième sphère céleste pour y chevaucher les vents du ciel occidental sur le dos d'un dragon d'or, l'écriture d'une chanson pour les Rolling Stones, faire fortune, négocier une affaire, cuisiner un homard thermidor. N'importe quoi.

Une fois que vous avez clairement manifesté votre désir, vous devez faire un choix : cliquer sur « difficile » si vous désirez que votre souhait se réalise après moult efforts et contrariétés, ou cliquer sur « facile » si vous pensez que les choses peuvent très bien s'accomplir d'elles-mêmes, naturellement et sans effort.

La première et la seconde option demandent la même implication personnelle et la même somme de travail. Simplement, l'option « difficile » épuisera vos forces et limitera votre plaisir tandis que l'option « facile » vous permettra de continuer à profiter des bienfaits de la vie pendant que l'objet de votre désir s'approchera tranquillement de vous.

Le mot effort ('e'= hors de, 'fort'= force) signifie littéralement déployer de la force pour obtenir quelque chose. Dans l'effort, la réserve d'énergie est sollicitée afin de combler une insuffisance. Ceci a pour effet d'exercer une tension supplémentaire sur les organes vitaux, qui se trouvent alors dans l'obligation de travailler deux fois plus simplement pour maintenir le *statu quo*. Quand vos organes vitaux sont surmenés, votre humeur se dégrade, votre perception du monde s'engourdit et se déforme. Tout le processus pour obtenir l'objet désiré éreinte le chi. Quand le chi est éreinté, c'est le monde entier qui souffre. Quand le monde souffre, vous ne pourrez que trouver amer le fruit de votre travail. Il pleuvra en Polynésie, la septième sphère céleste sera fermée pour cause de réfection, les Rolling Stones jugeront votre chanson nullissime, le homard sautera par la fenêtre avant que vous ne le jetiez dans l'eau bouillante.

Comme tout bon guerrier le sait, si vous voulez que quelque chose vienne à vous en douceur, donnez du mou, n'utilisez pas plus d'énergie que nécessaire. Si la chose convoitée semble se refuser, donnez encore plus de mou.

Donner du mou ne veut pas dire se laisser aller ou se montrer velléitaire. Lorsque vous contenez le chi plutôt que de le lancer de manière effrénée à la poursuite d'un but, vos organes vitaux sont plus détendus et ainsi plus à même d'apporter leur énergie pour vous seconder. En outre, vous émettez des ondes positives qui ont pour effet d'attirer à vous l'objet de votre quête.

Je n'ai plus besoin de me démener comme un diable pour obtenir ce que je veux. Il n'y a rien d'héroïque à se tordre l'estomac et à crisper les mâchoires. Je mérite que les choses m'arrivent faci-

lement, ce qui ne me rend pas paresseux pour autant. Je suis disposé à donner du mou et laisser les choses venir à moi. Je relâche mon emprise sur le monde, ainsi le monde relâche son emprise sur moi et le terrain de jeu du possible s'en trouve considérablement agrandi.

Et surtout :

Je ne suis pas un velléitaire, je choisis la facilité car je suis libre de prendre les choses dans leur état de facilité naturelle.

INVESTIR DANS LA PERTE

Si vous voulez que le Tao vous offre ce qu'il a de mieux, investissez dans la perte. Le moins est l'ami du plus.

D'ordinaire, le principe d'investissement veut que l'on investisse pour récolter des gains. La voie du guerrier contemporain, par contraste, consiste à investir pour perdre. Ce qui ne signifie nullement que le guerrier est un loser. Mais, plutôt que d'investir afin d'obtenir en retour un gain momentané, il investit dans le but de faire décroître l'image de soi.

Plus vous faites croître votre propre image (le mythe du qui je suis, qu'est-ce que je fais, qu'est-ce que je veux, qu'est-ce que je possède), plus vous vous alourdissez. En transportant tout l'attirail psycho-émotionnel dans votre sac, vous perdez en mobilité, en flexibilité, en adaptabilité, et donc en liberté.

Quand vous investissez dans la perte du mythe du « qui je suis », vous réduisez la charge. Vous vous déplacez ainsi plus librement d'une aventure à l'autre et augmentez vos chances d'être au bon endroit au bon moment afin que la réalité exerce sur vous tout son quota de magie.

Alors, plutôt que de dépenser une grande quantité d'énergie mentale pour vous accrocher à tous les éléments qui composent l'histoire de votre vie, desserrez d'un cran ou deux, laissez le Tao ouvrir le chemin. Quand vous permettez au scénario de votre vie de se développer par lui-même, et de ce fait maîtrisez votre énergie, vous êtes en mesure de répondre avec plus d'efficacité aux événements qui se présentent.

Imaginez que vous êtes un être pur et rayonnant, débarrassé des bagages du passé, sans plans pour le futur.

L'exercice suivant, la contemplation « personne », demande un certain courage de votre part. Elle constitue une expérience de la réalité impliquant votre identité propre.

LA CONTEMPLATION « PERSONNE »

Regardez autour de vous et pensez à tout ce que vous possédez. Dressez une liste et dites-vous : « Je ne suis pas ce que je possède », comme « je ne suis pas cette maison », « je ne suis pas ce téléphone », « je ne suis pas cette voiture », etc.

Maintenant, pensez à tout ce que vous désirez et dites-vous : « Je ne suis pas ce que je désire », comme « je ne suis pas la grande demeure du coin de la rue », « je ne suis pas ce téléphone cellulaire à fax intégré », « je ne suis pas ce téléviseur grand écran », etc.

Pensez ensuite à tous ceux qui peuplent votre monde, et particulièrement à ceux pour qui vous avez un penchant, et dites-vous : « Je ne suis pas ces gens », comme « je ne suis pas Fifi la femme parfaite », « je ne suis pas Johnny Joe l'homme parfait », « je ne suis pas ma mère », « je ne suis pas mon fils », etc.

Pensez à toutes vos habitudes et asservissements, votre rendez-vous hebdomadaire chez l'acuponcteur, votre façon de jeter la serviette-éponge sur le carrelage de la salle de bains, votre whisky du soir, et dites-vous : « Je ne suis pas mes habitudes ou mes asservissements », etc.

Pensez à vos aversions, vos phobies, vos allergies, et dites-vous : « Je ne suis pas ces aversions, allergies ou phobies », comme « je ne suis pas cette phobie de me retrouver bloqué dans un ascenseur en panne », etc.

Enfin, pensez à votre corps dans son entier : muscles, organes vitaux, nerfs, sang, os, humeurs, épiderme, et dites-vous : « Je ne suis pas mon corps. »

Prenez le temps de ressentir tout cela. Vous n'êtes pas vos possessions, vos désirs, vos fréquentations, vos habitudes, vos peurs, pas plus que vous n'êtes votre corps. Vous êtes tout simplement « personne ». Savourez cette liberté. Puis sortez dans la rue, de préférence une rue très animée, et là, soyez « personne », absolument personne. En étant personne, vous n'avez rien à perdre. Vous n'êtes que des atomes se déplaçant dans le grand Tout, un enfant du Tao. Le monde entier vous appartient.

Cet exercice représente l'investissement absolu, celui consistant à tout perdre pour tout gagner. Il vous aidera à vous alléger lorsque votre vie devient trop pesante, et vous prodiguera soulagement et liberté d'esprit.

INTENTION

Tout ce que vous faites.

Arrêtez-vous et examinez votre intention à l'égard de cette page. Voulez-vous la lire pour vous distraire, pour vous élever ou simplement pour passer le temps ou vous aider à trouver le sommeil ?

Aussitôt que votre intention apparaît clairement, commencez à lire. Une fois parvenu au dernier mot de la page, arrêtez-vous de nouveau et voyez si votre lecture a produit l'effet désiré. Dans l'affirmative, vous constatez qu'une intention claire produit un résultat clair. Dans la négative, il se pourrait que le passage en question ne soit qu'un tissu d'âneries, mais ça, vous ne le saurez vraiment qu'après avoir lu cette page.

Lorsque vous entreprenez quelque chose, quelle qu'en soit l'importance, efforcez-vous tout d'abord d'avoir une intention claire du résultat souhaité, non pas du détail, mais de l'essence. Prenons l'exemple de cette page, dont vous désirez terminer la lecture. Vous vous êtes donné trois minutes pour arriver au dernier mot. Vous voyez le chemin qui vous en sépare sous la forme d'une série de brèves images, qui vous représentent vous-même et la page terminée projetés sur votre « écran d'intention ». Cet écran est accroché sur la face interne de votre front, et vous le regardez, confortablement installé à l'intérieur de la caverne de l'esprit originel (la glande pinéale située au centre du cerveau). Vous ressentez ensuite une impulsion dans votre palais pourpre (le centre du cœur), qui vous incite à terminer cette page. Enfin, une légère poussée d'énergie vitale montant de l'océan du chi (dans votre abdomen) vous donne la force nécessaire pour bouger vos yeux tout en restant concentré sur le sens du texte.

Et avant que vous vous en soyez rendu compte, vous êtes parvenu à la fin de cette page. Vous avez disposé de juste assez de temps pour comprendre que si vos intentions ne sont pas claires, vous émettez des messages obscurs en direction des autres, lesquels ressentiront irrémédiablement un trouble en votre présence. En d'autres termes, vous ne ferez qu'ajouter à la confusion générale. Cependant, si le guerrier que vous êtes, ou aspirez à devenir, souhaite faire diminuer le niveau de confusion générale dans ce monde, commencez dès maintenant à clarifier vos intentions.

En vous appliquant à connecter votre intention à la fois à la passion du cœur et au chi du ventre, vous générez une force aussi réelle et précieuse qu'un diamant.

LA VRAIE FORCE

La vraie force, celle du super guerrier, vient d'une unité entre intention, passion et énergie.

Vous avez l'intention de descendre cet énorme sac-poubelle en bas de l'immeuble. Il encombre l'entrée de votre appartement depuis trop longtemps. À chaque fois que vous avez buté dessus, la résolution de vous en débarrasser s'est faite plus claire et plus pressante. Le message est parti du cerveau (tantien supérieur) où vous avez conceptualisé l'action, il est ensuite allé dans la poitrine (tantien du milieu) où le désir d'accomplissement s'est fait sentir, il est enfin allé dans votre abdomen (tantien inférieur) où le chi (énergie) s'est mobilisé, matérialisant l'image du sac-poubelle planté sur le trottoir.

Si les trois facteurs énumérés ci-dessus ne sont pas à l'unisson, l'action est décousue, indécise, et il y a de bonnes chances pour que le fameux sac passe encore quelques jours dans votre entrée.

Cette logique s'applique à toute action, qu'elle soit importante ou pas. Si vous voulez avoir le maximum d'efficacité dans toute situation, l'unité doit se faire entre le mental, l'émotionnel et l'énergétique. Avant de soulever un objet pesant, un piano par exemple, prenez une pause. Clarifiez votre intention de le déplacer de l'autre côté de la pièce. Visualisez-le clairement dans son nouvel emplacement sur l'« écran d'intention » situé au milieu du cerveau. Laissez monter dans votre poitrine le désir de le déplacer. Enfin, accédez au chi dans votre ventre pour y puiser la force nécessaire à la concrétisation de votre idée. Cette méthode peut s'appliquer à n'importe quel défi que vous rencontrez sur votre route. Vos projets créatifs, même s'ils relèvent d'une ambition plus complexe que celle d'un sac-poubelle à descendre ou d'un piano à déplacer, n'en dépendent pas moins pour se réaliser des mêmes forces unifiées. J'ai l'intention d'écrire ce guide, très bien, j'en ai même le désir, encore mieux, mais sans l'énergie nécessaire pour mener ma tâche à son terme, je serais dans l'incapacité de remettre le manuscrit à l'éditeur dans les délais convenus par avance.

Imaginons maintenant que j'ai l'intention de l'écrire et l'énergie pour le faire, mais que la passion me fait défaut. Il se peut que j'accomplisse le travail. L'objet final risque cependant d'être aussi vivant et expressif qu'un poisson mort. Je doute qu'il fasse le bonheur de l'éditeur, et je doute encore plus qu'il parvienne entre vos mains.

L'absence de l'un des trois composants de la « vraie force » – intention, passion ou énergie – a toutes les chances de mener à l'insuccès du projet initial.

Pour développer la force unifiée, pratiquez les exercices « Boucler la boucle » et « Récapitulation » de façon quotidienne pendant au moins quatre-vingt-un jours.

DOUCEUR

La vraie force découle de la douceur.

Il est erroné de croire que la vraie force est synonyme de dureté. La dureté est inflexible et mène éventuellement à la rigidité, ce qui peut entraîner un grave déséquilibre dans la structure musculo-osseuse. Je l'appelle fausse force.

Telle est la différence entre un chêne et un saule. Apparemment, le chêne, dans sa majesté et sa grandeur, semble être le plus inébranlable des deux. Qu'un ouragan se déchaîne alors. C'est le saule, grâce à sa flexibilité, qui résiste aux éléments, parvient à maintenir ses racines dans le sol et préserve ainsi sa vie. Le chêne, lui, rigide et inflexible, est cassé net et jeté à terre.

Laissez la douceur vous mener. Que votre toucher soit doux. Que vos pensées soient douces. Que vos paroles soient douces. Que vos mouvements soient doux. Cela ne fait pas de vous une mauviette. Douceur ne veut pas dire faiblesse. Tout comme relaxé ne veut pas dire effondré. La fermeté et l'intégrité du noyau impérissable sont maintenues en toutes circonstances, tandis que le corps et l'esprit peuvent jouir de leurs qualités de douceur et de souplesse. Vos pensées perdent alors leur côté tranchant, vos mouvements sont fluides et gracieux.

Visualisez votre tantien du milieu, là où se tient le palais pourpre. Vous y trouvez une fiole contenant la précieuse vapeur de douceur. Vous l'ouvrez et regardez la vapeur s'en échapper. Voyez-la s'étirer et rayonner autour de votre corps telle une brume légèrement colorée, effleurant les os, les organes vitaux, le cerveau, les nerfs, les tendons, les muscles, les humeurs, le sang. Sentez sa douceur se répandre partout, vous envelopper entièrement. Puis laissez-la s'échapper par votre poitrine et envahir tout l'univers.

Concentrez-vous à présent sur la force indestructible rassemblée dans votre tantien inférieur et votre colonne vertébrale, et contentez-vous de rester immobile, fort dans la douceur.

C'est une autre façon de vous dire: « Relaxez-vous, coulez et laissez couler, donnez du mou ! »

MÉDITATION

Méditez sur votre vie, et que toute votre vie soit une méditation.

Une demi-douzaine de disciples appartenant à un quelconque ordre spirituel sont assis et « font une méditation » dans la position du lotus, index et pouces formant un cercle, les yeux clos, un sourire béat accroché aux lèvres. Méditent-ils vraiment ? Pas si sûr. Peut-être sont-ils en train de penser au plan d'épargne logement auquel leur a proposé de souscrire leur banquier, ou bien à la sortie cinéma prévue avec leur copine, ou encore à leur coupe de cheveux.

Méditer ne veut pas dire « faire une méditation », mais tout simplement être attentif. Que vous soyez en train de compter vos respirations ou de remplir une grille de loto, vous devez le faire en mobilisant toute votre attention. Le graffiteur en proie aux affres de la création face au mur de sa cité est sans doute davantage dans un état de méditation que le groupe de disciples évoqué ci-dessus.

Être attentif à ce que l'on fait implique de rester intérieurement centré tandis que le monde extérieur évolue autour de soi. Pour y parvenir, il est indispensable de mettre en application les exercices de concentration-relaxation décrits dans les chapitres précédents. Dans un premier temps, protégez-vous de tout ce qui pourrait vous distraire ou vous troubler. Puis, une fois parvenu à un état de stabilité intérieure, poursuivez votre méditation dans la rue, dans les embouteillages, dans votre bar favori, assis devant votre ordinateur, au travail ou à la salle de sports, bref, en tous lieux et à tout moment. Cela ne peut qu'accroître votre vivacité, votre vigilance et votre capacité à pénétrer le cœur des choses.

Le guerrier urbain accompli sera capable de se promener en ville, à la fois parfaitement centré sur lui-même et immergé dans la réalité extérieure, de subir l'agression d'une bande de voyous, de les repousser en faisant usage de son bouclier psychique, pour continuer ensuite son chemin sans que sa méditation se soit interrompue.

Ce guerrier-là est véritablement sans peur et sans reproche.

Asseyez-vous confortablement, videz votre esprit et ne faites rien. C'est aussi simple que ça.

Toutefois, si vous avez besoin d'un coup de pouce pour vous laisser couler, comptez. Comptez n'importe quoi. Vos respirations, les pas que vous avez faits dans la journée, le nombre de sonneries de téléphone entendues au bureau. Essayez l'« exercice du cerf » : contractez, puis relâchez le sphincter anal à la cadence de soixante battements minute (un cycle contraction-relâchement par seconde).

Ou bien comptez jusqu'à neuf et recommencez. Puis même chose avec les multiples de 9. C'est sans importance si vous perdez le compte ou vous embrouillez dans les chiffres. Cette méthode est sim-

plement destinée à ficeler le singe du mental pour vous permettre d'être attentif à ce qui se passe vraiment.

OBSERVATION CONTRE JUGEMENT

Repliez votre conscience vers le centre du cerveau, le tantien supérieur dans la caverne de l'esprit originel, et appliquez-vous à ce qu'ils y demeurent pour le restant de vos jours.

Tout en vous appliquant à cela, levez les yeux sur l'écran accroché sur la face interne de votre front. Lorsqu'il est vide, c'est-à-dire qu'aucune pensée ne s'élève, il affiche des vues de l'espace intérieur infini sélectionnées au hasard. Puis, quand des pensées surgissent et s'y projettent, apparaissent des images fractionnées produisant un effet kaléidoscope.

Observez-les simplement. Ne portez aucun jugement sur elles. Celle-ci vous plaît, gardez-la ; celle-là vous déplaît, jetez-la. Contentez-vous d'observer avec impartialité. Ce ne sont que des images. Par exemple, vous voyez une image de vous en train de trahir un ami. Ne vous considérez pas pour autant comme un traître. Ce n'est qu'une image. Aimez-vous vous-même, et donnez au mental la possibilité de jeter toutes les images dont il désire se défaire.

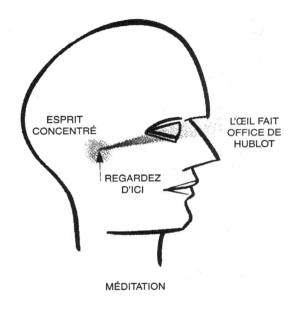

ESPRIT
CONCENTRÉ

L'ŒIL FAIT
OFFICE DE
HUBLOT

REGARDEZ
D'ICI

MÉDITATION

Après un moment, vous constatez que ces apparitions mentales semblent s'évanouir, laissant l'esprit
vacant et libre de répondre naturellement à tout
ce qui se présente sans gaspiller son énergie en
d'inutiles errements.

C'est la même chose si vous faites cet exercice les
yeux ouverts. Vos yeux font office de lentilles de
caméra bifocale. Les images du monde extérieur que
vous voyez ne sont que des formes de plus projetées
sur votre écran intérieur. Vous contemplez paisiblement l'écran où vous voyez apparaître des images de
voitures, de personnes, de chiens, d'immeubles, etc.
Contentez-vous d'assister à la projection en toute
impartialité depuis la caverne de l'esprit originel. Ne

jugez pas davantage les autres que vous ne vous jugez vous-même. Restez libre.

Ne pas juger ne veut pas dire s'abstenir de toute discrimination. Quelqu'un s'approche de vous dans la rue, ses vêtements empestant le vomi, l'urine, la bière, il menace de vous embrasser sur la bouche. Vous ne vous dites pas : « ce n'est qu'une image, ce n'est qu'une odeur, ce n'est qu'une nausée qui me monte aux lèvres, je t'aime inconditionnellement, embrasse-moi fort ». Non. Vous vous dites : « ce n'est qu'une image, ce n'est qu'une odeur, ce n'est qu'un haut-le-cœur, je fiche le camp en quatrième vitesse ! ».

Voilà comment on associe observation impartiale et discrimination.

CHEVAUCHER DEUX MONDES À LA FOIS

Deux mondes évoluent côte à côte, le monde visible et le monde invisible. Le jeu du guerrier consiste à être à cheval sur les deux.

Ce qui est en haut est pareil à ce qui est en bas, le dehors est pareil au-dedans. C'est-à-dire que deux réalités sont simultanément opérantes dans le même espace physique. En ce moment même, juste devant vous, il y a le monde que vous voyez et celui que vous ne voyez pas.

Le monde invisible génère et soutient le monde visible de l'intérieur, exerçant une poussée vers l'extérieur depuis le noyau de chaque atome de chaque être. Le monde visible est comme une couverture jetée sur le monde invisible, non seulement pour le préserver de l'humidité et de la saleté, mais aussi pour qu'il garde son invisibilité. Sinon le jeu de cache-cache prendrait fin et il faudrait trouver autre chose à faire le temps que dure l'éternité.

Exactement comme avec votre ordinateur, toute l'illusion se perpétue avec les « un » et les « zéro », avec les « on » et les « off ».

Le monde visible est « on », le monde invisible est « off ». Il n'y a pas de « on » sans « off » et vice versa (voir paragraphe yin et yang). On peut considérer que, d'une certaine manière, le Tao oscille entre ces deux pôles au-delà de trois cent mille kilomètres par seconde, c'est-à-dire plus vite que la vitesse de la lumière.

Le monde invisible contient toutes les informations ayant jamais existé et toutes celles à venir. Dans ce monde, il n'y a pas de temps, pas de passé, pas de futur, simplement un instant qui ne cesse de se dérouler de toute éternité. Le monde invisible est le royaume du corps spirituel.

La voie du guerrier dans laquelle vous êtes engagé est un chassé-croisé incessant entre deux mondes. Vous apprenez à faire intervenir votre corps spirituel dans le monde tangible, tout en habituant votre moi mortel à se sentir chez lui dans l'autre monde. D'un côté, vous spiritualisez le monde matériel afin de faciliter la réalisation de vos actes magiques et autres interventions miraculeuses ; de l'autre, vous familiarisez votre moi périssable à la vie au-delà de la vie.

Le royaume invisible reçoit vos prières, et c'est de là que proviennent protection, providence, pouvoirs curatifs. C'est de là que votre esprit, en compagnie de tous les autres esprits, vous regarde pour l'éternité aller d'une vie à l'autre, d'un rêve à un autre. Ce monde est immuable. C'est le royaume de la réalité absolue, le pays des merveilles du chi, le lieu où l'on trouve l'élixir céleste qui confère l'immortalité au corps spirituel. Vous vous y rendez pour vous ressourcer. Vous en revenez riche de visions et de pouvoirs, empli de vigueur pour continuer le chemin de votre développement personnel et assister vos frères humains dans leur propre quête.

C'est par ces allers et retours entre les royaumes visible et invisible que votre pouvoir psychique s'épanouira, que vous pourrez lire l'avenir dans la forme d'un nuage, interpréter avec clairvoyance les cartes du tarot ou les hexagrammes du Yi King. C'est en vous-même et nulle part ailleurs que vous trouverez le passage menant à cette autre dimension. Inutile de chercher une entrée secrète cachée sous un mégalithe préhistorique, ou de partir au fin fond de la jungle du Pérou en quête d'une pyramide mentionnée dans un vieux manuscrit. La porte est en chacun de nous. Elle peut être ouverte à tout moment en pratiquant de manière assidue les exercices spirituels exposés dans ce Guide.

Ouvrez cette porte, entrez sans crainte. Soyez un guerrier à chaque moment de votre existence. Une fois le passage ouvert, vous serez à cheval sur les deux mondes, investi des pouvoirs extrasensoriels qui découlent de cette position, et en mesure d'agir sur la réalité de façon à contribuer au bien-être de vos frères humains.

Le monde extérieur, visible, celui des formes et des apparences, l'arène et la scène où nous jouons collectivement le drame de la vie, n'est qu'une métaphore du monde intérieur, invisible. Ainsi, les rituels que nous accomplissons dans le royaume visible sont la représentation d'un processus métaphysique se produisant dans le royaume invisible. Le but des cérémonies magiques, celles pratiquées par les religions officielles aussi bien que par les organisations occultes, est de nous procurer un accès à ce royaume intérieur.

LAISSER TOMBER LA NEIGE

«Et alors?» allez-vous peut-être vous exclamer en lisant ces lignes. Justement, oui, et alors?

Vous vous trouvez dans un état d'agitation avancée. Le monstre primitif de la démence menace de passer par les fissures des murs de protection que vous avez patiemment édifiés autour de votre réalité, pour vous entraîner vers les fonds vaseux où règnent les ténèbres. Vos projets ont mal tourné et vous êtes tenaillé par le doute et le remords. Les choix que vous avez faits se sont avérés mauvais. Vous êtes dans une impasse. Mais pour qui vous prenez-vous? Vous pensiez vraiment pouvoir décider de votre destin?

Vous êtes déçu. Et alors? La déception n'est qu'un état transitoire. Elle se transformera tôt ou tard dans son opposé, suivant la loi immuable du yin et du yang.

À chaque fois que vous vous dites «et alors?», vous libérez une petite dose de colère. En cela, la formule est plus salutaire que le «c'est sans importance», qui est certes valable, mais essentiellement lorsque vraiment vous jugez la situation «sans importance». En règle générale, s'il y a déception et frustration, c'est que votre intention de départ a tourné court et vous a laissé en panne sur le bord du chemin, et cela n'est pas sans importance pour vous. Dans ce cas, redressez la tête et offrez-vous une petite séance de « et alors ? ».

L'une après l'autre, faites défiler toutes les choses de votre vie qui vous exaspèrent ou vous causent un stress excessif, et lâchez un retentissant « et alors ? ». « Je vais perdre mon emploi. – Et alors ? Mon petit ami ou ma petite amie va me quitter. – Et alors ? » Soyez brutal, gentiment brutal, jusqu'à parvenir à rompre les liens de l'attachement.

Note : Il est contre-indiqué de dire « et alors » à une personne qui vous expose ses problèmes et sa souffrance. Primo, il n'est pas du tout sûr qu'elle comprenne votre sens de l'humour ; secundo, c'est à elle qu'il appartient de se lancer la formule bienfaisante. Ne la privez pas de ce plaisir.

DISTINGUER LE PLEIN DU VIDE

Comme le sait tout athlète ou tout chanteur, si vous voulez vous remplir les poumons, il faut d'abord expirer à fond. Suivant le même principe, pour vivre une journée pleinement satisfaisante, sachez vous vider quotidiennement l'esprit, le cœur, les intestins et même, jusqu'à un certain point, le portefeuille.

Vous êtes cependant fortement attaché à la notion de plein – un esprit plein, un cœur plein, un estomac plein, les poches pleines. Vous aimez vous remplir l'esprit de pensées (fantasmes et projections) ; des vôtres et de celles des autres, comme quand vous regardez la télévision ou quand vous lisez (ce Guide, par exemple). Vous remplissez votre cœur de désirs, vous remplissez votre ventre de nourriture et vos poches d'argent. Si vous prenez l'initiative de priver l'esprit de pensées, le cœur de désirs, le ventre de nourriture et les poches d'argent, vous devenez un bodhisattva (un être illuminé en passe d'accéder au statut de bouddha) qui va son chemin dans un dénuement total. Mais surtout, vous instaurez en vous un état de vide. Or, selon la loi du yin et du yang, le vide est voué à être rempli.

En vidant votre esprit, vous faites de l'espace pour de nouvelles informations, réalisations, visions et rêves.

En vidant votre cœur, vous faites de l'espace pour la sérénité et la compassion.

En vidant votre ventre, vous faites de l'espace pour le chi.

En vidant vos poches, vous faites de l'espace pour la richesse.

Le courage nécessaire pour accéder à cet état de vide implique une confiance absolue dans la loi du yin et du yang : ce qui est vide est voué à être rempli, ce qui est plein est voué à être vidé. Si vous recherchez la plénitude, c'est-à-dire une vie remplie de tout ce que vous attendez et désirez, recherchez tout d'abord le vide. (Voilà un exemple d'investissement dans la perte.) La visualisation qui suit vous aidera à accéder au vide.

Retirez-vous dans la caverne de l'esprit originel et placez-vous devant votre écran intérieur. Imaginez que chacune de vos pensées est représentée par une icône. À l'aide de votre souris, faites-les glisser dans la corbeille. Quand le bureau est vide, allez dans le menu « spécial » et cliquez sur « vider la corbeille ». Cette manœuvre n'effacera pas la mémoire de votre disque dur, pas plus qu'elle n'affectera le mécanisme de votre pensée.

Descendez ensuite dans votre poitrine et imaginez que votre cœur est une baignoire qui, au lieu d'eau chaude, est remplie de désirs insoumis. Levez la bonde et videz jusqu'à la dernière goutte de désir. Remplissez ensuite la baignoire de compassion.

Vous êtes à présent dans votre ventre. Imaginez que vous vous soulagez considérablement, et laissez le chi envahir votre tantien inférieur.

Enfin, en ce qui concerne vos poches, ne les laissez pas se renfler outrancièrement. Sachez donner un peu chaque jour. Munissez-vous de ce dont vous avez besoin, pas davantage. Vous réduirez ainsi les risques de vous faire voler et vous aurez de la place pour mettre vos mains dans vos poches.

LA PEUR DU VIDE

Vous fuyez le vide parce que vous l'associez à la mort, jusqu'au jour où vous tombez dedans et découvrez une nouvelle dimension.

La peur du vide (esprit vide, cœur vide, estomac vide, poches vides) découle directement de notre peur de la mort. L'industrie publicitaire s'enrichit en nous proposant une foule de moyens pour éviter le vide. Pensez un peu à toutes les tablettes de chocolat, tous les verres d'alcool, toutes les drogues, toutes les soirées télé, toutes les conversations sans objet dont le seul but était de vous détourner du vide.

Le vide est pourtant notre habitat naturel, notre lieu d'origine, bien avant que les spermatozoïdes de notre père ne rencontrent l'ovule de notre mère. À l'image des profondeurs océanes où la vie débuta, le vide a donné naissance à tout ce qui existe. Nous n'avons rien à craindre de lui.

Bien au contraire. En nous immergeant quotidiennement dans ses eaux mystérieuses, nous prenons un bain de jouvence, un bain de vérité et de vitalité, un bain de conscience éternelle. Bref, un bain de vie à l'état pur.

Après avoir lu ceci, fermez les yeux et retirez-vous dans la caverne de l'esprit originel. Imaginez-vous assis dans votre caverne tel un petit bouddha, avec vue panoramique sur la chaîne des monts de l'Illumination. Levez-vous à présent et marchez jusqu'à l'entrée de l'abri, puis tenez-vous au bord du précipice ouvrant sur le vide. De tous les côtés, devant, derrière, en dessous, au-dessus, vous contemplez le vide sans fin. Vous prenez votre courage à deux mains et... vous sautez.

Vous êtes en chute libre dans le vide. Vous êtes surpris de constater que vous vous en sentez en sécurité et qu'une sensation d'euphorie vous envahit. Comme si vous flottiez dans la matrice de la Grande Mère. Vous vous laissez porter par cet état originel, vous vous détendez. Tout ce qui appartient à votre monde apparaît soudain en perspective. Il se met à pleuvoir sur cette terre qui est la vôtre. Des torrents d'eau claire dévalent les flancs des col-

lines, les champs cultivés promettent d'abondantes récoltes.

Le fait de vider régulièrement votre esprit, comme vous videz votre vessie et vos intestins, est fondamental pour la bonne marche de l'ensemble de votre système. À l'instar des fonctions physiques, les séances de vidange psychique peuvent prendre plus ou moins longtemps, selon votre humeur et le temps dont vous disposez. Dans le cours d'une journée normale (ou d'une nuit), une séance de quatre-vingts secondes sera suffisante. Mais si l'envie vous prend d'y passer la journée entière, il n'y a aucune contre-indication à cela.

NON-ACTIVITÉ CONTRE PROCRASTINATION

La non-activité fait partie du mouvement naturel de votre vie. La procrastination est un blocage de ce mouvement. Ce qui ne veut pas dire que ce soit nécessairement mauvais pour vous.

Quand vous êtes dans une période de non-activité, vous ne faites que suivre la progression naturelle entre une phase d'action (yang) et une phase de repos (yin). Vous suivez le courant, ce qui est bénéfique pour votre santé car vous avez ainsi le temps de vous recharger. Quand vous faites de la procrastination, vous bloquez cette progression en ralentissant artificiellement le yin. Une telle perturbation dans le flux naturel des événements entraîne une surpression dans le système, laquelle peut à son tour entraîner des pertes d'énergie.

Être non actif revient à s'arrêter sur le bord de la route par un jour de canicule pour prendre un peu de repos. Vous laissez le moteur refroidir tranquillement tandis que voitures et camions vous dépassent dans un nuage de poussière.

La procrastination revient à s'arrêter au milieu de la route, causant ainsi un embouteillage monstre. (Le suicide, ou la procrastination poussée à son extrême, revient à couper le moteur et à jeter les clés de la voiture.)

Les périodes de non-activité sont essentielles pour le guerrier urbain souvent surmené. Elles lui permettent de se laisser porter par le courant du Tao.

Laissez simplement vos pensées dériver. Si les images de votre rêverie vous plaisent, contentez-vous de les regarder passer à loisir ; si elles ne vous plaisent pas, changez-les. Pensez par exemple à un souvenir plaisant, ou à un projet qui vous tient à cœur. Soyez conscient de votre respiration et ralentissez-la progressivement. Détendez-vous, laissez-vous couler en douceur, « bouclez la boucle » plusieurs fois de suite, envoyez votre corps spirituel dans une grande et belle aventure, ou murmurez tout simplement de douces paroles à l'oreille de votre divinité préférée.

Décompressez et entrez dans la zone de non-activité. Laissez-vous tomber dans le vide. Accordez à votre mental quelques vacances bien méritées. C'est dans ces moments de « chaise longue » que les Einstein, Picasso, Lao Tseu et Galilée eurent certaines de leurs lumineuses révélations.

La procrastination est une façon de retenir le flot de l'inspiration. Alors que le visage du non-actif est serein et béat, celui de son double opposé est marqué par la lâcheté et le tourment. La procrastination est une perte de temps gouvernée par la peur. Certains signes avant-coureurs peuvent vous permettre de la voir venir. Quand par exemple vous pensez à une chose et en faites une autre, quand vous vous rongez nerveusement les ongles ou fumez des cigarettes à la chaîne, quand vous tournez en rond en maugréant sans raison, etc. La procrastination va souvent de pair avec l'anxiété et le dégoût de soi.

Elle semble parfois s'abattre inévitablement sur vous telle une attaque extraterrestre du dieu Procrastinus. Dans ces moments-là, observez les signes et mémorisez-les. La prochaine fois que vous suspecterez une attaque, laissez la pression monter jusqu'à ce qu'elle devienne intolérable, puis renversez la vapeur, prenez votre courage à deux mains et écriez-vous : « Je suis prêt à risquer tout mon avenir sur ma prochaine action ! » – ce qui ne représente pas vraiment un risque puisque s'il n'y a pas de prochaine action, quelle qu'elle soit, votre avenir n'existera pas. Après avoir dit cela, levez-vous et faites quelque chose d'entièrement différent de ce que vous faisiez auparavant.

Vous pouvez aussi vous dire : « Plus je suis non actif et plus je fais de choses. Mes périodes de non-activité sont pleines de promesses. J'utilise mes moments de procrastination pour construire un balancier capable de me propulser dans le courant du Tao. »

Quand le chemin devant vous semble obstrué et que vous êtes au point mort, ne vous engluez pas dans la procrastination. Profitez plutôt de ce temps d'arrêt pour vous offrir une récréation. Re-créez-vous littéralement. Vous êtes l'auteur de cette merveilleuse énigme qu'est le livre de votre vie. Détendez-vous et passez au chapitre suivant.

DROIT D'AUTEUR

N'oubliez pas que vous êtes l'auteur de l'histoire de votre vie. Rien ni personne d'autre ne pourrait l'écrire à votre place.

Il y a bien longtemps, avant que l'illusion du temps linéaire ne commence pour vous, quand vous étiez encore un esprit immortel vivant dans l'instant éternel de la conscience éveillée, un étrange état d'agitation s'empara de vous un beau matin. Vous avez sauté dans le futur et écrit le synopsis de votre vie à venir pour le soumettre aux puissances célestes. Vous avez ensuite réuni les soutiens nécessaires, puis, mis en contact avec votre mère et votre père, vous vous êtes retrouvé allongé sur le dos en train de pleurnicher pendant qu'on changeait votre couche. Ne vous laissez toutefois pas abuser par ce souvenir de bambin passif subissant son destin. Vous avez écrit cette histoire telle qu'elle est. Les pires moments comme les meilleurs. Et quel scénario ! Vous vous êtes littéralement placé au centre d'un labyrinthe.

En tant qu'auteur de l'histoire de votre vie, vous avez autorité sur elle. Cela signifie que vous ne pouvez plus être victime des autres individus ou des circonstances. Ce qui vous arrive, vous l'avez écrit. Vous avez également choisi le moment et les circonstances de votre mort.

Le fait d'assumer cette responsabilité d'auteur est un grand pas en avant dans la revendication de votre pouvoir de guerrier. Votre vie y gagnera en profondeur et authenticité. Prenez tout ceci avec une certaine légèreté malgré tout. Trop d'intensité pourrait mener à la confusion, la mégalomanie et la paranoïa.

Visualisez votre esprit, assis tel un bouddha replet au centre du champ temporel. Il est en train d'écrire l'histoire de votre vie depuis le cœur de ce moment présent où le passé et le futur ne font qu'un. Pour la partie du scénario qui commence à partir de maintenant, écrivez une histoire contenant tout ce qui vous fait plaisir, et concluez par un final éblouissant.

Bref, rédigez votre histoire telle que vous souhaiteriez qu'elle se passe.

Il existe un point d'acupuncture situé au sommet du front entre les deux yeux qui, lorsqu'il est stimulé, donne la sensation de se trouver dans l'espace temporel parallèle et d'exercer depuis là le contrôle de son destin.

Appuyez votre index sur ce point pendant une minute environ et administrez-vous une petite décharge de réalité parallèle.

CONFIANCE

La confiance est un must pour le guerrier. Sans elle, vous perdez un temps et une énergie précieux.

La confiance n'est pas un concept intellectuel, c'est un sentiment que l'on éprouve au creux du ventre.

Vous êtes sur le point de faire une balade en hélicoptère et vous êtes un peu nerveux car c'est votre baptême de l'air. Avant de vous installer à bord, vous regardez l'hélice principale en priant pour qu'elle reste solidaire de l'appareil. Vous vous demandez également si le mécanicien a bien serré tous les boulons. Pendant le décollage, vous ressentez une forte poussée d'adrénaline. Votre bulle de verre et d'acier vole maintenant à bonne altitude et il n'y a rien d'autre à faire qu'à rester assis et à attendre.

Toutes les deux minutes environ, vous pensez à l'hélice et aux boulons ; vous jetez de brefs coups d'œil au pilote en vous interrogeant sur sa compétence. Votre corps est tendu, mais vous ne pouvez rien faire pour changer la situation et vous aimeriez bien profiter de la balade malgré tout. Vous commencez alors à relâcher votre respiration, votre corps se détend progressivement. Finalement, vous décidez de faire confiance au plancher qui se trouve sous vos pieds, à l'hélice qui propulse l'appareil, au pilote qui tient les commandes. Et surtout, vous décidez de vous faire confiance. C'est vous qui avez choisi de vivre cette aventure. Ne vous gâchez pas le plaisir.

Dans une autre version du scénario, vous avez décidé de rester tendu et méfiant. Une fois que l'hélicoptère s'est posé sans le moindre incident, vous en êtes descendu, le ventre noué et titubant, en vous demandant pourquoi vous n'avez pas trouvé le moyen de vous laisser aller et de profiter de l'aventure. Il est hélas trop tard.

Ce petit scénario est une excellente métaphore de votre vie. Détendez-vous et soyez confiant, ou bien restez tendu et gâchez tout votre plaisir. Si l'on tient compte du fait que les choses sont probablement prédéterminées, à quoi bon s'en faire, rompez avec la peur et dites-vous d'une voix claire et nette : « Je me fais confiance. »

FAITES-VOUS CONFIANCE

Ne faites pas confiance à ce Guide, ne me faites pas confiance, faites-vous confiance à vous-même.

Étant enfant, on vous a appris qu'il ne fallait faire confiance à personne. Ce qui est en partie juste. Il ne faut pas attendre des autres qu'ils se comportent forcément comme vous le souhaitez. Les hommes ne sont que des hommes, avec leurs faux-fuyants et leurs inconstances, leurs infidélités, leurs malhonnêtetés. Chacun porte en lui toute la gamme du comportement humain et, selon les circonstances, est capable de se conduire comme un saint ou comme une pitoyable fripouille. L'erreur consiste à attendre d'une personne qu'elle suive une ligne de conduite idéale. Une telle attente ne peut que mener à la déception.

En revanche, si vous décidez que tel individu face à telle situation fait de son mieux selon le stade de son développement personnel, vous lui donnez sa juste place et lui accordez la confiance qu'il mérite, ni plus ni moins. Pour parvenir à cela, vous devez d'abord être confiant en vous-même et vous convaincre que vous faites les meilleurs choix possible sur le chemin de votre propre développement spirituel. Ayez foi en vous. Toute situation nouvelle que vous traversez enrichit votre expérience et vous rend meilleur. Mais ne croyez pas aveuglément ce que je vous dis. Cette information trouve-t-elle naturellement sa place dans votre ventre ? Si oui, alors peut-être vous ai-je donné assez d'arguments pour que vous puissiez m'accorder votre confiance.

Se faire confiance à soi-même implique un bon usage de la faculté de discrimination, laquelle provient du creux de l'abdomen. Quand vous êtes en présence d'une personne et qu'une sensation de chaleur baigne votre ventre et votre plexus solaire, vous savez que vous pouvez lui faire confiance. Par contre, si votre poitrine est oppressée et qu'une sensation de malaise vous prend le ventre en dépit de vos efforts (relaxation, centrage) pour chasser les vibrations négatives, autant prendre le large et ne pas perdre davantage de temps.

RÉALITÉ ET CROYANCE

La réalité telle que vous la vivez se conformera aux croyances que vous entretenez à son sujet.

Si vous croyez que votre monde est dangereux et hostile, il se conformera à l'image que vous avez de lui et, pour justifier votre position, vous placera dans des situations de danger et d'hostilité. Si vous croyez que votre monde est paisible et harmonieux, il se conformera à cette image et produira des situations de paix et d'harmonie. Sur un plan personnel, la conduite qu'adoptera une personne vis-à-vis de vous dépendra également de l'opinion que vous avez d'elle.

En d'autres termes, dites-vous que telle ou telle personne est un trou du cul et elle se comportera comme un trou du cul. Projetez des ondes positives et vous recevrez des ondes positives. Ou encore mieux : contrôlez votre énergie, suspendez votre jugement et ne projetez rien, soyez serein et n'anticipez pas un quelconque résultat ; vous obtiendrez alors des miracles.

CROYANCE

Rien ne vous oblige à continuer d'entretenir une croyance dans laquelle vous avez été élevé.

Imaginez que votre rapport à la réalité soit vierge, dénué de croyances. Vous expérimenteriez les choses telles qu'elles se présentent, sans les déclarer d'emblée bonnes ou mauvaises. Elles se révéleraient tout juste agréables ou désagréables. Mais là encore, sans idée préconçue sur l'agréable et le désagréable, vous seriez en mesure de prendre de la distance par rapport à votre sentiment. Peut-être avez-vous déjà remarqué à quel point certaines croyances que vous avez reçues en héritage conditionnaient votre jugement et votre façon de voir les choses.

Ces opinions ne vous appartiennent pas en propre, et pourtant elles limitent sérieusement votre champ d'expériences ainsi que l'éventail de réponses dont vous disposez.

La réalité ne peut dispenser sa magie que si vous lui donnez l'espace pour le faire. Pour cela, vous devez autant que possible jeter sur le monde un regard dénué d'idées préconçues. Ayez l'humilité et la bonne grâce d'accepter qu'en dépit de votre expérience et des valeurs qui vous ont été transmises vous n'êtes pas omniscient, que certaines de vos conceptions peuvent être erronées et que vous auriez tout intérêt à les mettre entre parenthèses.

Dans la sagesse Zen (l'art japonais de vivre l'instant), le fait de suspendre le jugement est appelé « l'esprit du débutant ». Sans lui, votre expérience de la réalité sera inévitablement altérée, limitée et partielle. « L'esprit du débutant » vous permet de vivre les événements en direct et tels qu'ils vous arrivent.

Ce qui ne veut pas dire que vous deviez régresser au stade de nouveau-né et abandonner toute faculté de discrimination. Soyez seulement conscient que la réalité telle que vous la percevez est davantage une opinion qu'une vérité.

Si vous ne pouvez éprouver la réalité de manière objective, c'est que votre présence même change cette réalité. Vous n'êtes pas un observateur qui regarde du dehors, mais une partie du tout qui regarde la réalité de l'intérieur.

La réalité ne peut être perçue que subjectivement parce que en pratique il est impossible de se libérer durablement de ses jugements et convictions. À moins que vous ne soyez un ascète yogi capable de faire revenir son esprit à l'état originel d'indifférenciation absolue. Et quand bien même, je ne suis pas certain que vous parveniez à garder votre contrôle si quelqu'un vous appliquait un fer chauffé à blanc sur les fesses.

Quoi qu'il en soit, il est bon de se rappeler que la réalité est beaucoup plus vaste que ce que vous en percevez, et que vos conceptions et croyances sont loin d'être des vérités divines.

Faites l'expérience de suspendre temporairement toutes vos croyances. Donnez-vous la chance de percer quelques trous dans la tapisserie personnelle que vous vous êtes tissée, de façon à laisser respirer la réalité qui se trouve derrière. Répétez la séquence d'affirmations qui suivent, en chantant ou en parlant, au moins neuf fois par mois :

Mon expérience n'est rien d'autre que le produit de mes croyances.

Je suis disposé à suspendre temporairement mes croyances.

Je supprime dès maintenant toutes les limites que j'ai imposées à la réalité.

Je suis disposé à tout voir dès maintenant avec un regard neuf.

J'accorde à ma réalité le pouvoir de se régénérer elle-même.

La réalité devient vraiment excitante quand vous prenez conscience qu'elle vous dépasse.

CONCENTRATION

Concentrez-vous sur votre bon côté, vous le ferez croître.

Concentrez-vous sur les aspects positifs de votre vie et le miracle s'en trouve augmenté, concentrez-vous sur les aspects négatifs et la pagaïe s'installe pour de bon.

Vous serez dominé par votre côté négatif ou positif, selon que vous portez votre attention sur l'un ou sur l'autre.

Il en va de même dans votre façon de vous représenter le monde en général. Il est très facile de trouver nombre d'arguments pour cautionner une vision négative du monde. Il suffit toutefois d'une adroite manipulation mentale pour tout aussi facilement porter sur lui un regard positif. Ouvrez le journal, par exemple. Au fil des pages, vous en arrivez à la conclusion que le monde n'est que corruptions en tout genre, violence, meurtres, désastres. Si vous vous concentrez sur cette image, elle enflera encore, au point que le monde ne reflétera plus que votre façon de voir.

Concentrez-vous maintenant sur le fait que la majorité des gens mène une vie relativement paisible, et qu'il y a finalement peu de catastrophes en regard de la masse énorme qu'ils représentent.

Appliquez maintenant ce raisonnement à l'intégralité de l'infrastructure de la société humaine, dans toute son aberrante complexité. Considérez ensuite la nature humaine, si capricieuse et si prompte à déchaîner ses passions, combinée avec la fantastique puissance de destruction de notre monde moderne, et reconnaissez que c'est un vrai miracle si nous sommes encore là.

En d'autres mots, vous avez le choix de créer un monde positif qui vous dispense ses ondes positives, ou bien de créer un monde négatif qui s'emploiera à ruiner votre vie.

Comme exercice pour rendre positive votre réalité, pratiquez la méditation suivante :

Placez votre mental en résonance avec l'idée d'harmonie et de coexistence pacifique s'écoulant tel un fleuve parmi tous les peuples du monde.

La source de cette idée se trouve au plus profond de votre cœur.

Respirez régulièrement et visualisez cette source sous l'aspect d'une fine vapeur colorée se diffusant hors de vous pour recouvrir la surface de la terre.

Voyez-la entrer dans le cœur de tous les humains, et particulièrement dans le cœur de ceux qui subissent le joug de la violence et de l'oppression.

Sentez-la circuler à travers le monde, jusqu'à ce qu'elle fasse le tour de la planète et revienne ensuite vers vous.

C'est l'amour en action.

La source de cet amour est le Tao.

INQUIÉTUDE

Le guerrier s'applique à combattre l'inquiétude.

Ce jeu est pleinement interactif. Vous allez devoir faire des choix importants concernant votre vie, choix à partir desquels votre futur semblera découler – et j'insiste sur le terme « semblera ». À la fin du jeu toutefois, quels que soient les choix que vous avez faits et les conséquences qui semblent en avoir résulté, votre destin sera le même : le jeu prendra fin. Ce qui se passe éventuellement après l'issue fatale est affaire de convictions personnelles (le devenir du corps spirituel et du noyau impérissable) et n'engage en aucun cas la responsabilité du créateur du jeu.

Au début du jeu, vous remarquerez l'option « inquiétude » représentée par une gargouille dans le coin supérieur gauche de l'écran. Dans le coin opposé, vous trouverez une option « confiance » représentée par un lutin. Ces options n'affecteront pas la série de choix que vous devez faire, elles ne sont là que pour ajouter une tonalité à votre expérience de joueur.

Si vous cliquez sur l'icône gargouille, vous traverserez le jeu dans la nervosité et l'anxiété, ce qui aura pour effet de déclencher en vous un excès de sécrétion d'adrénaline et d'affaiblir votre système immunitaire. Vous faites ainsi de vous-même une proie pour toutes sortes de maux, qu'ils soient d'ordre psychique, physique ou viral. De plus, vous ne serez pas un cadeau pour les autres participants au jeu. Si vous cliquez sur l'icône lutin, vous serez détendu et confiant, ce qui aura pour effet de libérer l'énergie du chi dans votre système, d'accroître vos défenses naturelles et de vous protéger des attaques d'ordre psychique, physique et viral. Votre légèreté et votre joie de vivre se communiqueront aux autres et feront de vous une compagnie recherchée, que ce soit au travail ou dans vos loisirs.

Vous êtes libre de passer de la gargouille au lutin quand bon vous semble. Rappelez-vous cependant que le fait de cliquer sur telle ou telle icône affecte seulement la tonalité de vos émotions et la qualité de votre expérience. La succession des événements et le score final resteront inchangés.

Nombre de jeunes joueurs cliquent sur l'option gargouille, souvent sur le conseil de joueurs plus « expérimentés », et semblent oublier l'existence de l'option lutin. Il est important de mentionner que ce jeu possède un effet hypnotique produisant chez le joueur une sorte d'amnésie sélective, celle-ci lui faisant parfois oublier les choix dont il dispose.

L'inquiétude n'est rien de plus qu'un réflexe conditionné, une réaction aux choix existentiels qui se présentent à vous. Une attitude que vous adoptez, et qui devient compulsive. La liberté de l'abandonner pour passer au stade de la confiance vous appartient entièrement. C'est une question de choix.

L'exercice de ce choix demande cependant une grande vigilance, le système ayant une fâcheuse tendance à se rabattre automatiquement sur l'option inquiétude. Le cheminement pour atteindre le degré zéro de l'inquiétude peut prendre de cinq secondes à quarante-six ans, selon que vous exercerez cette vigilance avec plus ou moins de rigueur.

DOUTE

Le doute est une forme de complaisance qui, bien que tentante, doit être évitée à tout prix, surtout dans les cas d'extrême urgence.

Vous doutez lorsque vous mettez en cause les choix que vous avez faits, choix qui vous ont conduit à une situation donnée. C'est une perte d'énergie. La situation dans laquelle vous vous trouvez, qu'elle soit plaisante ou déplaisante, vous a été dispensée par le Tao. C'est-à-dire que selon la loi immuable de la justesse et de l'à-propos, elle est celle qui vous convient à ce moment précis. En d'autres termes, les choix qui vous y ont menés et qui ont été faits par votre « ancien » moi ne peuvent, par extension, qu'être justes. Encore une fois, faites-vous confiance. Quand bien même auriez-vous généré un véritable gâchis autour de vous, faites-vous encore et toujours confiance. C'est l'attitude la plus sensée à adopter. Vous faites vos choix, arrive ensuite ce qui doit arriver. À vous d'en tirer le meilleur parti.

La confiance est le seul antidote au doute. Faites confiance à la sagesse innée qui est en vous, à la sagesse innée du chemin sur lequel vous marchez (votre propre Tao personnel).

Répétez l'affirmation qui suit pendant les trois ou quatre prochains jours, jusqu'à ce qu'elle s'imprime durablement en vous :

Je me fais confiance, je me fais confiance, je me fais confiance, je me fais confiance, je me fais confiance, je me fais confiance, je me fais confiance, je me fais confiance, je me fais confiance, je me fais confiance, je me fais confiance, je me fais confiance, je me fais

confiance, je me fais confiance, je me fais confiance,
je me fais confiance, je me fais confiance, je me fais
confiance, je me fais confiance, je me fais confiance.

CÉDER ET RÉSISTER

Si vous ne voulez pas que les énergies négatives aient un impact sur vous, cessez de leur résister.

S'opposer à une force qui survient, qu'elle soit physique, psychique ou verbale, provoque une explosion dans votre champ d'énergie à l'endroit de l'impact, ce qui aura pour conséquence de perturber votre équilibre général et de réduire votre capacité de réaction. Que cette force ne trouve pas en vous de surface où frapper, elle s'épuisera d'elle-même.

Céder sous la force d'impact d'un coup, qu'il s'agisse d'un coup de poing ou d'une facture à payer, c'est le geste noble et élégant du matador qui esquive l'assaut du taureau furieux.

Résister consiste à plaquer la muleta sur les yeux du taureau tandis qu'il vous charge.

Céder consiste à esquiver un coup tout en restant centré et préservant son équilibre et sa dignité. Résister, c'est couvrir, c'est-à-dire suivre l'adversaire avec le mental, et attendre le moment opportun pour le contrer.

Céder et s'opposer sont les extensions de vide et plein.

Imaginez qu'un adversaire se tient devant vous. Il vous décoche un coup de son poing gauche sur le côté droit de votre poitrine. Vous gardez vos pieds bien col-

lés au sol et tournez le haut du corps vers la droite. Ce mouvement d'esquive déplace votre côté droit et le met hors de portée des coups de votre adversaire, qui se trouve ainsi vidé de sa force. En faisant pivoter le haut du corps vers la droite, vous vous donnez l'opportunité de répondre à l'adversaire en le frappant sur le côté droit avec votre poing gauche. On voit ainsi qu'en alternant « céder » et « résister » (vide et plein), l'attaque est détournée puis renvoyée à l'agresseur.

Toute force qui vient vers vous est initialement une expression d'amour absolu, d'énergie pure qui a été plus ou moins déformée par les filtres particuliers de la personne émettrice. Si vous regardez au-delà de cette déformation et que vous voyez l'amour absolu venant à votre rencontre, même brutalement envoyé, contentez-vous de le retourner à l'envoyeur.

C'est la même chose qui se passe avec une psychique ou verbale.

CENT VINGT GRAMMES

Dans la vie, cent grammes de pression c'est trop peu, cent cinquante c'est trop ; cent vingt c'est parfait.

Quand votre esprit et votre corps sont suffisamment souples et adaptables pour céder à toute force (physique ou autre) tout en maintenant leur équilibre, c'est-à-dire sans offrir de résistance, cette force n'aura aucun impact sur vous. L'idée est de ne jamais permettre à quelque force que ce soit d'exercer sur vous une pression supérieure à cent vingt grammes. Ainsi, si une force de cinq cents kilos arrive sur vous,

vous devez céder suffisamment pour que sa force d'impact sur votre personne ne soit pas supérieure à cent vingt grammes. Imaginez que vous vous tenez à l'intérieur d'une conduite d'eau. Une énorme masse liquide se précipite dans votre direction. Si vous tentez de faire face et de résister, vous serez irrésistiblement balayé par le flot. Par contre, si vous vous tournez de côté de façon à offrir moins de résistance, vous aurez toutes les chances de rester sur vos pieds.

Si quelqu'un frappe votre joue gauche avec une force de cinq cents kilos, mais que vous parvenez à vous tourner sur la gauche avant l'impact et à désamorcer ainsi le choc, vous pouvez réduire à cent vingt grammes la pression sur votre joue. De la même façon, vous serez capable de tirer un taureau de cinq cents kilos en exerçant une simple traction de cent vingt grammes sur l'anneau passé dans son nez.

Imaginez maintenant qu'une hirondelle essaie de s'envoler depuis la paume de votre main. Elle n'y arrivera pas si vous offrez une simple résistance de cent vingt grammes.

Si vous frappez un ballon de baudruche avec une force de cinq cents kilos, il y a moins de pression exercée sur une plus grande surface, et le ballon sera propulsé sur une courte distance puis s'immobilisera. Par contre, avec une simple pichenette du bout des doigts (pression de cent vingt grammes), vous exercez une pression supérieure sur une plus petite surface, et le ballon parcourra une plus grande distance avant de s'immobiliser.

Le fait de concentrer votre intention et votre chi sur un point particulier avec une force de cent vingt grammes produit une réaction beaucoup plus forte qu'en frappant une grande surface avec une force de cinq cents kilos.

Que votre impact sur les autres, sur leurs esprits ou leurs corps, ne soit jamais supérieur à cent vingt grammes.

Quand vous parlez, les vibrations sonores que vous envoyez vers vos interlocuteurs ne doivent pas dépasser une pression de cent vingt grammes.

Lors d'un contact physique avec une tierce personne (quelle que soit la nature de ce contact), habituez-vous à rester dans les limites des cent vingt grammes de pression.

Quand vous marchez ou courez, n'exercez pas sur le sol une pression supérieure à cent vingt grammes.

Ces cent vingt grammes de pression permettent à tout votre corps d'être à l'écoute et d'interpréter les émissions d'énergie avec lesquelles vous entrez en contact. Cent grammes, c'est trop peu ; cent cinquante, c'est trop.

Évidemment, l'image des cent vingt grammes est une métaphore pour transcrire l'idée de légèreté et de discrétion, que ce soit dans les paroles, les pensées ou les actes.

LÉGÈRETÉ

À l'image du renard qui se tient sur ses gardes, déplacez-vous avec légèreté. Que votre démarche soit silencieuse et que chacun de vos pas soit respectueux du sol qui les porte.

Pensez à rendre vos pas légers. Un guerrier ne martèle pas le sol comme un éléphant ivre. Alléger le pas vous permettra non seulement de retarder l'usure de vos semelles et de marcher sans perturber le délicat champ sonore qui vous entoure, mais aussi de mieux contrôler votre énergie, vos pensées et vos émotions.

La prochaine fois que vous marchez dans la rue, visualisez une tasse de thé posée au centre de votre tantien inférieur (le centre psychique situé sous le nombril). Le défi consiste à continuer votre marche sans renverser une seule goutte de thé.

Ou :

Imaginez que le sol est recouvert de feuilles d'or. Continuez votre marche sans les froisser.

Avec une certaine pratique, vous serez capable d'apparaître soudainement quelque part, comme par magie, sans la moindre vibration sonore en guise d'avertissement.

Vous entrez dans n'importe quelle situation sans avertir de votre arrivée et la quittez sans une trace. Cette faculté est directement liée avec le don d'invisibilité et la capacité à contenir son énergie.

La légèreté de vos pas dépend de la légèreté de votre énergie, de vos émotions, de vos pensées, et vice versa. Léger ne veut cependant pas dire aérien. Chaque pas que vous faites doit établir un contact intelligent avec le sol. Les semelles de vos chaussures sont d'importants récepteurs qui collectent les informations en provenance du sol.

Tout ce qui arrive sur cette planète, depuis l'atterrissage d'une mouche sur votre nez jusqu'à l'explosion d'une tête nucléaire, provoque des vibrations, à la fois dans l'air et dans la terre. Ces vibrations portent un réseau complexe d'informations qui sont automatiquement assimilées par votre inconscient. C'est ce phénomène qui permet aux animaux de pressentir un tremblement de terre – et vous avez cette même capacité.

La faculté d'écouter par les pieds est un composant majeur de votre pouvoir psychique potentiel. Pour la développer, faites cette méditation tout en marchant :

Imaginez que vous venez de faire l'achat de deux minuscules micros que l'on vous a installés dans chacune des semelles de vos chaussures. Tandis que vous marchez, imaginez que les micros enregistrent toutes les informations contenues dans les vibrations du sol. Une fois que vous avez fait le calme dans vos pensées, vous devez être capable de recevoir ces informations, traduites en images, et de les laisser vous guider sur le chemin.

Cet exercice est destiné à habituer votre corps à devenir un récepteur de vibrations de plus en plus sensible. De cette façon, élargissant sans cesse l'éventail de ses informations, il augmentera vos pouvoirs d'intuition.

COURIR

En tant que guerrier, et comme tout autre animal, vous devez être capable de fuir le danger, ne serait-ce que celui de votre propre folie.

Face à un danger imminent, il est raisonnable de céder, c'est-à-dire de fuir. À vrai dire, à chaque fois que l'occasion vous est donnée de fuir un danger, faites-le. La fuite est la première forme d'autodéfense. La peur de perdre la face peut éventuellement vous retenir de fuir. Mais vous risquez bien davantage de perdre la face si vous vous battez. Il est donc essentiel de vous entraîner régulièrement à la course afin de garder le mécanisme bien huilé. Courir est non seulement important pour fuir un danger tel que la charge d'un sanglier, mais aussi pour une autre fonction primaire qui est celle de la chasse, pour attraper un bus par exemple.

La course est un facteur déterminant pour la survie du guerrier. C'est aussi une méditation en « état altéré », une pratique que les adeptes du Tao appellent « voler sur la terre ». Détendez-vous, laissez-vous « couler », respirez, soyez à l'écoute de ce qui se passe à l'intérieur de votre corps plutôt que de chercher à faire la compétition avec tel ou tel ou à perdre du poids.

Le matin est le meilleur moment de la journée pour « voler sur la terre ». Les gaz d'échappement des voitures n'ont pas encore saturé l'air ambiant, et le chi qui monte du sol est tout frais.

Votre meilleur partenaire, c'est vous-même. La compagnie d'autres coureurs est une distraction inutile. Bavarder en courant ne peut que perturber votre respiration et gâcher votre méditation.

Habillez-vous chaudement. Ne vous placez pas dans la situation où vous devez courir plus vite parce que vous avez froid.

Portez des chaussures confortables qui vous permettent de bien sentir vos pieds et dans lesquelles vos orteils sont à leur aise.

Maintenant, trottez jusqu'au parc le plus proche ou jusqu'à l'anneau de cendrée du stade de votre quartier.

Assurez-vous tout d'abord que votre corps est bien au chaud, surtout pendant les mois d'hiver. Faites quelques exercices d'assouplissement-échauffement (dix minutes environ). Déterminez ensuite avec précision le parcours que vous allez suivre et la durée prévue de votre course. Soyez clair à ce sujet. Si vous décidez par exemple de faire neuf tours de piste, passez-vous un contrat avec vous-même et respectez-le dans la mesure du possible.

Visualisez-vous en train de terminer votre course, purifié, détendu, rafraîchi et, pourquoi pas, régénéré.

Avant de démarrer, vérifiez que votre corps est convenablement relâché; surtout les épaules, les hanches et la nuque.

Étirez votre colonne vertébrale, bombez le torse, centrez-vous et faites monter l'esprit de vitalité jusqu'au sommet de votre tête.

Pendant toute la durée de la course, vérifiez régulièrement (chaque trois ou quatre minutes) que vous maintenez cette position.

Commencez à courir à petite allure, les coudes décollés du corps, les épaules tombantes, et commencez à faire des respirations « en quatre paliers » en faisant coïncider chaque palier avec une foulée.

Tout en étant attentif aux informations que vous transmettent vos plantes de pieds, laissez votre esprit vagabonder. Imaginez que la terre est une roue, vous êtes à l'intérieur de cette roue et ce sont vos foulées qui la font tourner. Assurez-vous maintenant que la pression exercée par vos pieds sur le sol ne dépasse pas cent vingt grammes.

Continuez de courir à petite allure, vous ne disputez pas une course. Le sprint doit venir de lui-

même, naturellement et sans brusquerie, comme un cheval passant du pas au trot puis du trot au galop. Lorsque votre allure s'accélère d'elle-même, allongez vos foulées, relâchez-vous encore davantage (surtout au niveau du bassin), sentez votre corps spirituel qui vous soulève et prend son essor.

Quand vous avez la sensation que votre course est parfaitement fluide, « bouclez la boucle » plusieurs fois de suite et vérifiez la situation de vos trois tantiens.

Vous arrivez à présent à la fin du parcours que vous vous étiez imposé. Maintenez votre respiration « en quatre paliers » réglée sur vos foulées et ralentissez l'allure progressivement.

SPONTANÉITÉ

L'action spontanée est irrésistible

L'action spontanée se produit quand vous obéissez aux impulsions qui naissent dans votre tantien inférieur. Elle est le fruit du libre arbitre. Elle commence par une accumulation de chi dans le tantien inférieur (l'océan d'énergie dans l'abdomen), accumulation provoquant un état d'agitation si elle est ignorée ou sous-estimée. Cette agitation génère une charge d'énergie qui monte dans le tantien du milieu (le palais pourpre dans la poitrine). Là, elle se transforme en un sentiment de désir abstrait du type « je veux quelque chose mais je ne sais pas quoi ». Ce désir génère à son tour une charge d'énergie qui monte dans le tantien supérieur (la caverne de l'esprit originel dans le cerveau) pour y être transformée par l'esprit en l'image d'un acte à accomplir; par exemple, sortir dans la rue en chantant à tue-tête : « y a d'la joie, bonjour bonjour les hirondelles !… ».

Cette image produit ensuite une charge qui redescend dans le tantien du milieu où elle crée le désir d'un acte créatif, désir qui génère à son tour une charge d'énergie dans le tantien inférieur. Et c'est là, au bout de cette chaîne de causes et d'effets, que vous sortez spontanément dans la rue pour chanter à tue-tête : « y a d'la joie, bonjour bonjour les hirondelles !… ». (Est-ce vraiment ce que vous voulez faire ?)

Cet enchaînement se produit si vite qu'il vous est impossible de le remarquer, à moins que vous ne soyez extrêmement attentif. Vous ne pourrez que constater ses effets. Vous étiez tranquillement assis chez vous en train de lire, et la minute d'après vous sautillez dans la rue en vous époumonant.

La plupart des impulsions spontanées ne sont cependant pas suffisamment fortes pour vous faire passer à l'acte. Si l'impulsion initiale née dans le tantien inférieur a simplement la puissance nécessaire pour s'élever dans le tantien du milieu, vous ressentirez un état d'agitation, un désir indéfini. Le tantien supérieur ne recevant pas la charge d'énergie des centres inférieurs se contentera alors d'afficher une série d'images « prédéterminées », vous proposant ainsi plusieurs actions susceptibles de satisfaire votre désir informulé.

Ces images « prédéterminées » étant limitées aux expériences passées stockées dans votre mémoire, elles sont la plupart du temps incapables de fournir à l'impulsion de départ une réponse appropriée. Vous restez alors assis dans votre fauteuil pendant qu'un autre fou chantant sautille à votre place dans la rue.

Si le tantien du milieu est « bloqué » par l'action d'un stress physique, émotionnel ou mental, la charge produite dans le tantien inférieur peut se propulser directement dans le tantien supérieur. L'impulsion initiale y fusionne avec une image prédéterminée émise par le cerveau, mais étant donné qu'elle n'est pas soutenue par un désir authentique venu du cœur, elle se trouve dans la position de produire un acte de substitution à ce qui devrait être un acte créatif et spontané, comme par exemple celui de boire un verre, de manger une barre chocolatée, etc.

Il arrive souvent que l'impulsion de départ soit puissante mais que la machinerie nécessaire à sa transformation en acte spontané ne fonctionne pas pleinement en raison de blocages dans le système des tantiens.

Un blocage dans le tantien du milieu, causé par le stress, aura pour effet de déformer l'impulsion envoyée par le tantien inférieur, entraînant un blocage ou au contraire une frénésie sexuelle, de la constipation ou de la diarrhée, de violents éclats d'humeur ou des crises de timidité. Un blocage dans le tantien du milieu aura pour effet de déformer le désir d'agir, entraînant des accès de confusion mentale, l'impossibilité de se décider, un sentiment d'isolement, de la froideur de cœur ou des choix inappropriés. Un blocage dans le tantien supérieur déformera les images émises par l'esprit, entraînant des actes inconsidérés qui risquent de vous conduire en prison ou en hôpital psychiatrique.

Les actes spontanés sont des actes de vertu. Ils sont le fruit d'une unification parfaite de vous-même. Ils ne peuvent se développer qu'à partir d'une structure intérieure solide et équilibrée.

De façon à expérimenter ce développement de la spontanéité, observez où et comment (mais pas pourquoi) vous bloquez vos impulsions. N'essayez pas de changer les choses. Contentez-vous d'observer, et répétez l'affirmation qui suit à voix haute le plus souvent possible pendant les deux prochains jours.

Je laisse l'action spontanée surgir du plus profond de mon ventre. Je peux sans danger suivre les impulsions de mon corps.

EMBRASSER LES OPPOSÉS

Vous n'avez plus à choisir entre être un salaud ou un saint. À présent, vous pouvez être les deux à la fois.

Vous n'avez pas à choisir entre clarté d'esprit et confusion, entre amour et froideur, entre folie et sagesse, entre ouverture d'esprit et rigidité. Comme toutes choses dans l'univers yin yang, ces termes sont relatifs et non pas absolus. Vous pouvez être un professeur de yoga qui fume, une prostituée qui étudie la méditation, ou un dealer qui sauve des vies. Vous pouvez même être un politicien honnête, mais c'est plus improbable.

Dans cette nouvelle réalité « mélangée », vous êtes entièrement libre de vous avouer que vous contenez toutes sortes de paires d'opposés. Selon la loi immuable du yin et du yang, toute qualité humaine a son opposé. Selon le monde des contes de fées sur lequel est basé le paradigme de votre culture moribonde, toute personne, et particulièrement un guerrier, est soit noble soit ignoble. Mais si tel ou tel individu est vraiment noble, pourquoi en telle occasion a-t-il menti à sa femme ? Et s'il est ignoble, pourquoi vient-il en secours à ses congénères ? Il est impossible à quiconque d'entrer tout entier dans une case ou dans l'autre. Réveillez-vous ! Acceptez le fait que vous embrassez tous les opposés, toutes les contradictions, et tous les paradoxes du monde.

Il en va de même pour vos amis, vos ennemis et pour tous ceux qui vous sont indifférents. N'accusez personne d'être ceci ou cela, car selon l'éclairage et l'angle de vue, la même personne s'avérera être à la fois ceci et cela. Il en va de même pour toute situation où vous vous trouvez. Une situation particulière peut être bonne ou mauvaise. Tout dépend du moment et de l'endroit d'où on la regarde. Une situation est à la fois bonne et mauvaise.

Accepter cet état de fait vous conduira à cesser d'émettre des conclusions hâtives pour vous observer vous-même et les autres et les situations qui se présentent sans porter de jugement. Une fois que vous comprenez que vous-même, une autre personne ou une situation n'est ni bonne ni mauvaise mais les deux à la fois, votre perspective générale est instantanément élevée au niveau transpersonnel qui transcende les opposés.

Quand vous transcendez les opposés, vous vous connectez directement au Tao.

Dressez une liste de vos qualités, dressez une liste de leurs opposés.

Dressez une liste de vos défauts, dressez une liste de leurs opposés.

Dressez une liste des deux groupes d'opposés et voyez s'ils correspondent.

Dites-vous : « Je contiens toutes ces contradictions. Je suis à la fois ceci et cela. Je peux être un héros et un couard, un guérisseur et un dealer, un ange et un démon, quelqu'un d'heureux et quelqu'un de triste, de confiant et de méfiant, capable de s'aimer et de se détester. Je peux être tout cela à la fois et n'en être pas moins parfaitement sain d'esprit.

Maintenant, arrêtez tout. Sortez de chez vous, faites-vous plaisir.

Bien que rien ne vous empêche d'accepter ces contradictions, vous ne vous sentirez pas toujours libre de les manifester en public. Il faut parfois jouer le jeu social et mettre des masques. Dans ces moments-là, pas de rébellion inutile, jouez le jeu. Souvenez-vous simplement de la relativité de tout phénomène, ne croyez pas plus en vos opinions qu'en celles des autres. Ainsi, vous limiterez les dégâts.

MORALITÉ ET AMORALITÉ

La morale est l'épine dorsale des faibles d'esprit.

Traditionnellement, la voie de la moralité était la voie confucéenne. Les disciples du vieux Kung Fu Tseu (Confucius), c'est-à-dire du « maître de Kung fu », croient que si l'on enseigne à une personne une série de principes de conduite répondant à toute situation possible, sa structure psycho-émotionnelle s'adaptera d'elle-même à cette gangue extérieure. Autrement dit, sculptez l'extérieur et l'intérieur se conformera à la forme ainsi créée.

Il y a sans doute du vrai là-dedans. De grands empires totalitaires ont même fleuri sur ce terreau. Un tel modèle demande qu'un grand nombre de préceptes compréhensibles soient appris par cœur et strictement suivis par tous, et pour le rendre toujours plus fort, toujours plus efficace, l'individu est contraint de se policer lui-même et de policer les autres, créant ainsi un terrain favorable pour un état policier. Ces principes de morale, s'ils sont parfaitement respectés, sont destinés à couler votre caractère dans un moule de vertu. Il n'y a évidemment aucune place pour accepter le fait que chaque individu contient toutes les contradictions possibles. En d'autres termes, le système repose sur la négation pure et simple de la part d'ombre en chacun de nous.

Un tel système ne peut tenir debout qu'en utilisant la force pour maintenir les apparences. Le maçon qui bâtit une maison commence-t-il par peindre les briques ? Bien sûr que non. Les grands états totalitaires qui reposent sur l'emploi de la force pour se maintenir en place finissent tôt ou tard par se lézarder et s'effondrer. Il en va de même pour les individus qui, en se concentrant exclusivement sur l'extérieur aux dépens de leur intégrité intérieure, finissent par craquer nerveusement, déclarent des guerres, violent, tuent et inondent le monde de malheurs inutiles. Ce n'est pas accidentel si les mots « morale » et « morose » ont la même étymologie. En suivant aveuglément les principes moraux, vous perdez contact avec votre vraie nature et devenez morose.

Les taoïstes croient que pour modifier son attitude, il faut travailler au développement de sa vraie nature en concentrant son attention vers le dedans. Avec le temps et la pratique assidue des exercices de travail sur soi présentés dans ce Guide, vous accéderez à un état de paix perpétuelle, d'harmonie intérieure absolue, de puissance illimitée et de vie éternelle. Une fois parvenu à ce stade, vous continuez votre chemin en suivant votre vraie nature, ce qui est intrinsèquement positif et participe pleinement à l'élan vital. Quand vous suivez votre vraie nature, qui comprend l'essence même du corps spirituel, vous vous trouvez automatiquement dans un état de vertu, d'authenticité. Quand vous êtes authentique, toutes vos pensées et actions, qu'elles soient dirigées vers vous-même ou vers les autres, seront vraies et participeront à l'épanouissement de la vie.

Les préceptes moraux deviennent alors inutiles et sans objet. Quand vous suivez votre vraie nature, vos trois tantiens travaillent à l'unisson à l'harmonie générale, votre cœur est ouvert, votre esprit est clair et vos actes spontanés. En outre, la compréhension que vous avez acquise de la loi de cause à effet (agis envers les autres comme tu voudrais que les autres agissent envers toi) représente une garantie supplémentaire contre tout acte qui s'écarterait de la voie juste.

En tant que guerrier, vous n'avez besoin d'aucune autre morale, ou précepte, que celle de respecter toute vie comme vous respectez la vôtre, de respecter votre vie comme si l'univers entier en dépendait.

LA CONSCIENCE DE L'INSTANT PRÉSENT

Il n'existe qu'un instant et c'est celui qui arrive maintenant, tandis que vous êtes assis en train de lire ceci.

Il n'y a jamais eu et il n'y aura jamais que l'instant présent, ici et maintenant. Cet instant demeure inchangé à jamais. C'est le paysage autour qui se modifie. Cet instant a assisté à la naissance et à la mort de cent univers et il assistera très certainement à la naissance et à la mort de centaines d'autres. Quelle que soit l'heure à votre montre ou la date qu'affiche votre calendrier, cet instant est éternellement présent.

Retenez les chevaux sauvages de votre esprit dans leur errance à travers les scènes du passé ou celles, imaginées, du futur. Faites entrer votre conscience dans la caverne de l'esprit originel et centrez-vous sur l'instant présent.

Résistez à la tentation de projeter votre mental dans un avenir imaginé, sauf s'il s'agit d'une visualisation positive. Le fait de laisser l'esprit vagabonder dans un futur hypothétique, ne serait-ce que cinq minutes, entraîne souvent des états d'anxiété. Par exemple, vous êtes impatient de voir votre petite amie qui a annoncé sa venue. Vous vous projetez une scène imaginaire sur votre écran intérieur. Vous voyez le thé et les petits gâteaux, l'ambiance chaleureuse, le bavardage, l'amour partagé, vous vous sentez heureux tandis que votre chi monte dans le tantien du milieu (celui du cœur). Tout va bien, vous savourez votre petite projection fantasmatique, quand soudain votre système déraille et clique sur l'option «inquiétude». La gargouille s'immisce alors dans le tableau idyllique, vous devenez anxieux. Le fantasme tourne brusquement au cauchemar. Vous imaginez que votre amie arrive mal lunée au possible, que le thé est froid et les gâteaux rances, que l'ambiance est désastreuse et que l'amour n'est pas au rendez-vous.

Pendant le temps que vous passez à endiguer tant bien que mal vos débordements d'adrénaline, l'instant présent n'a jamais cessé d'être là, immuable, majestueux. C'est le décor autour qui a basculé. Lui n'a pas bougé. Il est resté ici et maintenant, et vous l'avez ignoré.

C'est la même chose avec les souvenirs. Quand vous laissez votre mental en immersion prolongée dans les images du passé, que ce soit pour vous abreuver de nostalgie ou vous noyer dans les regrets, vous finissez toujours par vous retrouver submergé par un sentiment d'insatisfaction et d'inassouvissement. Là encore, vous perdez un temps précieux : le temps de la plénitude de l'instant.

Le fait est que tout le pouvoir passé et futur de l'univers est contenu dans l'instant présent. Ce pouvoir (chi) est le catalyseur qui transforme vos pensées en réalité manifeste. Quand votre esprit erre çà et là, vous vous refusez l'accès à ce pouvoir, vous vous privez de la nourriture généreusement offerte par l'instant présent pour vous lancer à la poursuite de fantômes.

Si l'on excepte les séances de visualisations positives, il est fondamentalement malsain de passer son temps autre part qu'au cœur de l'instant présent. C'est dans la paix et le repos de l'instant que vous trouverez le pouvoir nécessaire à la manifestation de vos désirs.

Cet instant éternel est pareil à un étang contenant les eaux de la jeunesse et de l'immortalité. Si votre esprit est libre de pensées (souvenirs et projections, regrets et anxiété) et si vous êtes centré en vous-même dans un état méditatif, plus rien ne vous empêche de nager dans ces eaux bienfaisantes et réparatrices.

C'est là et seulement là que vous êtes pleinement vous-même.

APITOIEMENT SUR SOI

À moins que vous ne soyez en ce moment même face à un peloton d'exécution (mais dans ce cas, vous n'êtes pas en train de lire ces lignes), le seul obstacle au bonheur et à la plénitude est l'apitoiement sur soi.

L'apitoiement sur soi est un artifice que vous utilisez inconsciemment pour vous empêcher d'être pleinement engagé dans l'instant présent, c'est-à-dire dans l'élan vital. Une sorte de stratégie du différé qui provient de la peur de ce qui est nouveau, un manque de confiance dans la sagesse inhérente à la voie sur laquelle vous cheminez.

L'apitoiement sur soi est insidieux, il épuise le chi et mine votre esprit. C'est un virus dans votre système, qui rampe sournoisement à travers les fissures de votre structure psychique et infiltre peu à peu tout l'espace mental du tantien supérieur. Il va partout et contamine tout et, à moins d'être extrêmement vigilant, vous ne remarquez pas sa présence. Sa nature étant parasitaire, il s'accroche spontanément à toute pensée qui traverse votre écran intérieur. Prenant la forme et l'aspect de la pensée qu'il vampirise, il est pratiquement indétectable. Capable de prendre tous les déguisements, il emprunte néanmoins très souvent la voix de la raison, prétendant défendre vos intérêts face aux soi-disant injustices qui minent votre vie. C'est lui qui vous fera tenir des propos tels que : « ce qui m'arrive est complètement ridicule, c'est inacceptable », ou : « je suis fatigué, qu'on ne me tourmente plus », ou : « à quoi bon, de toute façon, la fin du monde est pour bientôt ». Sous le déguisement de la voix de la raison, il paraît absolument plausible et vous abusera à tous les coups, jusqu'à ce que vous appreniez à le reconnaître.

Le seul signe qui le trahisse : il vous rend malheureux. C'est aussi simple que ça.

Vous pensez peut-être que le chagrin est inévitable ou même obligatoire, pourtant même dans les moments d'extrême détresse, de douleur, de peur, vous pouvez encore faire le choix de vous sentir parfaitement heureux et satisfait dans votre noyau impérissable.

Votre meilleur ami vient de mourir, vous êtes prostré et pleurez toutes les larmes de votre corps. Si vous le voulez, vous pouvez simultanément sentir au plus profond de vous la présence d'un bonheur inaltérable, et cela en vous connectant à la parfaite harmonie du Tao. Tout autre choix dans telle ou telle situation de détresse, qui entraîne un reniement de l'attitude positive, est un acte d'apitoiement sur soi.

Conserver une attitude positive, et rester centré sur l'instant présent en toutes circonstances, c'est là le seul antidote.

La vraie beauté du jeu, toutefois, c'est que l'apitoiement sur soi s'évanouit (jusqu'à la prochaine fois) aussitôt que vous l'avez identifié, et qu'une salubre claque de créativité positive vous secoue alors vigoureusement. Brusquement, vous voilà en train de siffloter et de sauter sur place, prêt à vous lancer dans quelque chose de nouveau.

Le CTA (Club de Taoïsme Alternatif) vous recommande de tenir une séance d'apitoiement sur vous-même de vingt-trois minutes quand vous vous sentez particulièrement malheureux. Consacrez un temps défini à cela, à l'exclusion de toute autre pensée ou sentiment. Chassez le positif pendant la durée de la séance. Accordez-vous le droit de vous vautrer dans les eaux troubles de l'apitoiement sur vous-même. Puis, une fois les vingt-trois minutes écoulées, arrêtez net et soyez heureux.

CHASSER LA NÉGATIVITÉ

Quand vous dominez vos préférences, le Tao, dans toute sa majesté libératrice, peut être plus aisément entraperçu dans un étron que dans un splendide coucher de soleil.

La méditation qui suit est appelée : « J'aime la crotte de chien sur mes chaussures ». Assailli par une attaque d'apitoiement sur soi du type « je déteste cette journée, je déteste ce sentiment de découragement, je déteste le caca de chien, je déteste me sentir seul et effrayé », efforcez-vous malgré tout d'accepter que, dans le secret du plus profond de votre cœur, enfoui sous les couches de conditionnement mental, soit tapi un amour indéfectible pour tous les phénomènes qui surgissent devant vous, et cela pour la simple raison qu'ils font partie de votre vie. Vous aimez toute chose dans son intégralité, le puant, le sombre, le pourri, le visqueux, parce que sous la surface des réflexes (pavloviens) conditionnés tels que « je ne dois pas aimer le caca de chien – je ne dois pas en aimer l'odeur », vous trouvez que la glissade (oh, merde !) et l'embarras que vous en concevez ont quelque chose de terriblement drôle.

C'est ce qui arrive quand vous vous abandonnez au Tao, quand vous investissez dans la perte de telle ou telle couche de réflexes conditionnés. Il est cependant hors de question de pousser l'exagération à se précipiter vers la moindre crotte de chien pour exécuter une figure de patinage artistique. Vous risqueriez de choquer tous ceux qui n'ont pas encore atteint votre niveau de développement spirituel.

Faites cet exercice dans le cours de vos activités quotidiennes, dans la rue, chez vous, au travail. À chaque fois que vous rencontrez un phénomène que vous avez l'habitude de repousser avec dégoût (un goût, une odeur, un contact, une vision, une pensée), obligez-vous à dire « j'aime ça », comme vous pourriez dire « j'aime cette journée, j'aime ce sentiment de découragement, j'aime le caca de chien (en théorie !), j'aime le bruit du marteau piqueur sous ma fenêtre, j'aime les gaz d'échappement qui enfument la ville, j'aime être en train d'écrire ceci plutôt que d'aller me promener dans le parc inondé de soleil ».

Au début, faites semblant d'y croire, persévérez, répétez l'exercice, et si vous êtes vraiment attentif et honnête, vous verrez qu'avec le temps votre cœur peut s'ouvrir à tout ce qui se présente à vous, à condition de se débarrasser de cette couche de réflexes conditionnés qui vous empêche d'apprécier toutes les facettes de votre vie.

Le fait d'entrer volontairement dans un état de « jugement suspendu » ne vous interdit nullement d'avoir recours à votre faculté de discrimination et de contourner avec élégance la crotte de chien toute fraîche qui se profile à l'horizon.

VULNÉRABILITÉ

Se sentir vulnérable ne diminue pas votre efficacité de guerrier, au contraire, elle l'augmente.

Les phases de grande vulnérabilité se produisent en général quand vous êtes contraint de laisser s'éloigner une chose ou une personne sur laquelle vous aviez coutume de vous appuyer. Cette disparition fait apparaître la déficience que vous compensiez en utilisant telle chose ou telle personne. Si vous aviez l'habitude de vous appuyer contre un mur lézardé (un amant, un travail, une manie), et que ce mur s'écroule, vous êtes momentanément déséquilibré, et c'est à ce moment, tandis que vous vous efforcez de retrouver votre équilibre, que vous vous sentez déserté et vulnérable.

L'état de vulnérabilité est pourtant le seul qui soit vraiment authentique. Être vulnérable, c'est être ouvert, ouvert aux mauvais coups mais aussi ouvert aux caresses. Être ouvert aux mauvais coups de la vie, c'est être également ouvert à sa générosité et à sa beauté. Ne cachez pas votre vulnérabilité, ne la reniez pas, elle est votre meilleur atout. N'ayez pas peur de trembler avec elle. Soyez vulnérable. Les bonnes choses que la vie vous réserve, sous la forme de nouvelles rencontres ou de situations inédites, viendront à votre rencontre si vous êtes vulnérable, c'est-à-dire ouvert et disponible.

Imaginez-vous tel un vulnérable oisillon assis au centre d'un œuf cosmique protecteur. Vous tremblez car vous préparez à entrer dans une nouvelle phase de votre existence, pourtant vous avez le courage d'être ouvert et vulnérable. Imaginez-vous maintenant laissant tomber votre lourde armure d'adulte et vous soumettre à l'inconnu.

STABILISATION – CONTEMPLATION DEBOUT

Dressez-vous comme un arbre.

Avant de pouvoir penser correctement, vous devez vous stabiliser. Avant d'avoir accès au programme de « claire pensée » vous devez tout d'abord cesser de vous balancer d'un côté et de l'autre.

Pour stabiliser votre système afin de penser clairement, je vous propose de sortir de chez vous. Habillez-vous chaudement s'il fait froid, et choisissez un endroit où vous ne serez pas dérangé.

Vous vous tenez debout, les pieds bien écartés, vous pliez légèrement les genoux en avançant le bassin (comme si vous vous asseyiez sur un tabouret de bar). Bloquez votre position tout en restant souple, et redressez bien la tête, puis laissez-vous « couler » et détendez-vous. Gardez les épaules basses et levez lentement les bras au niveau de la poitrine en faisant le geste d'entourer les troncs de deux arbres (vos deux mains ne doivent pas se rejoindre), puis tournez les paumes de main de façon à ce qu'elles vous regardent.

Étirez vos épaules, vos coudes, vos poignets et le bout de vos doigts. Arrondissez bien vos bras.

Vérifiez que les points clés sont bien relâchés : nuque, visage, poitrine et ventre. Imaginez maintenant que votre chi coule tout le long du dessous de vos bras tel un liquide doré. Sentez votre corps devenir lourd et tendre vers le bas tandis que votre colonne vertébrale s'étire au-delà du sommet de votre tête vers le ciel.

Le premier jour, tenez la position le temps d'accomplir neuf phases de respiration en quatre paliers. Assurez-vous que vos bras restent bien arrondis, vos genoux ouverts et pliés, et vos épaules abaissées.

Le second jour, tenez la position le temps de dix-huit respirations. Et ainsi de suite jusqu'à quatre-vingt-une respirations.

Parvenu à ce point, ajoutez à l'exercice « boucler la boucle » et la visualisation des trois tantiens.

Faites cet exercice tout en douceur. Il ne s'agit pas d'un tour de force. N'essayez pas de supprimer les subtils mouvements intérieurs qui se manifesteraient. S'il y a un tremblement involontaire, laissez-le s'exprimer, encouragez-le et appréciez-le, il permet une saine élimination de tension.

Si vous tenez la position chaque jour pendant quatre-vingt-une respirations, vous renforcerez votre base physique et énergétique et développerez rapidement votre aptitude à la stabilité, ce qui vous permettra en période de crise de vous stabiliser quasi instantanément.

Tandis que vous tenez cette posture, imaginez qu'au lieu d'avoir vos bras enroulés autour de deux arbres, il s'agit de deux colonnes de lumière surnaturelle qui descendent du ciel à travers les anneaux formés par vos bras, et s'enfoncent jusqu'au centre de la terre. Vous canalisez cette mégaforce et recevez une mégacharge de chi cosmique.

ACCLAMATION

Il est merveilleux d'être acclamé et horrible de se faire éreinter — du moins si vous prenez au sérieux votre moi fictif.

Bonne et mauvaise réputation ne sont que les projections des autres, des fantasmes et des opinions. Les opinions que portent les autres sur votre personne sont pareilles aux nuages qui passent dans le ciel, poussés par les vents dominants. Si vous avez le vent en poupe, votre moi mythique est caressé dans le sens du poil, si vous naviguez par vent contraire, vous prendrez une volée de bois vert. Dans le second cas, vous ne serez blessé que si vous prenez au sérieux votre moi fictif.

La renommée, la bonne réputation dont vous bénéficiez peuvent également causer des tensions si vous craignez de les perdre.

En fin de compte, c'est vous-même qui vous approuvez ou vous désapprouvez ; votre « public » ne fait que refléter cet état de fait.

Approbation et désapprobation se succèdent alternativement sur la roue mouvante du yin et du yang et tout effort pour s'accrocher à l'un ou à l'autre est futile. Il est préférable de s'identifier à votre esprit qui, lui, est éternel et immuable, au-delà de l'approbation et de la désapprobation.

Imaginez que vous êtes un échec social complet et dites à ce personnage fictif : « je t'aime ».

Imaginez maintenant que vous êtes une célébrité considérable et dites à ce personnage fictif : « je t'aime ».

Puis continuez à vous faire cette déclaration d'amour aussi souvent que possible, et ce jusqu'à votre mort.

Vous êtes à une réception et tout le monde veut discuter avec vous, vous dire à quel point vous êtes merveilleux. En revanche, la presse à scandale vous descend en flèche et raconte sur vous les pires horreurs. Si vous êtes un tant soit peu lucide, vous ne prenez au sérieux ni les uns ni les autres.

Bonne et mauvaise réputation, approbation et désapprobation ne sont que des illusions.

PHOBIE DE FIN DU MONDE

La peur de la fin du monde ou de toute autre catastrophe est un moyen de plus pour vous distraire de l'instant présent.

Personne ne sait quand le monde finira. Peut-être demain, peut-être la semaine prochaine, peut-être jamais. Rien de nouveau. Cette planète est présentement dominée par les humains, mais rien ne nous dit qu'elle ne le sera pas par les araignées dans un avenir plus ou moins lointain. La situation serait certes inconfortable pour vous et vos affaires. Les araignées, elles, continueraient de tisser leurs toiles au soleil.

En fait, un monde disparaît pratiquement toutes les secondes avec chaque individu qui meurt. Autant dire qu'il est stupide de perdre son temps à s'inquiéter de quoi que ce soit, et surtout de la fin du monde.

La phobie de la fin du monde est une forme d'apitoiement sur soi et de procrastination dont le seul objet est de vous empêcher de vous engager pleinement dans le monde de l'instant présent.

Au lieu de vous inquiéter et de vous lamenter, réjouissez-vous, soyez reconnaissant, émerveillez-vous de l'intensité de chaque moment qu'il vous est proposé de vivre.

Ce qui ne veut pas dire que vous deviez aller votre chemin sur cette planète sans tenir compte des dangers qui vous menacent. Simplement, ne les laissez pas vous faire perdre votre vigilance et votre capacité à répondre efficacement et de manière appropriée à tout ce que l'instant présent dépose à vos pieds. Il arrivera toujours un moment où la peur du danger, l'affliction devant les destructions et les souffrances inutiles finiront par vous submerger. Dans ces moments-là, appliquez-vous à faire tout ce que vous pouvez pour préserver la vie autour de vous, joyeusement et de façon désintéressée. C'est la seule à faire pour un guerrier.

PANIQUE

Vous ne devez jamais paniquer, mon cher !

Vous avez décidé de rendre visite au grand maître spirituel dont tout le monde parle. Après avoir médité à ses pieds pendant une demi-heure en compagnie d'une brochette de disciples dévoués, l'occasion vous est donnée de poser une question au grand maître. Bien sûr, celle-ci se doit d'être profonde, démontrant par là même que vous avez déjà fait un bout de chemin sur la voie de la spiritualité. Vous y voilà. Le maître abaisse sur vous un regard limpide et bienveillant, et vous posez la question que vous vous êtes mentalement répétée une bonne centaine de fois pendant la méditation : « Au moment précis de notre mort, si l'on panique, est-ce que cela affectera notre état de conscience et notre accession aux royaumes supérieurs ? » Un grand silence tombe sur l'assemblée. Un silence de mort, bien sûr. Puis le maître ébauche un mince sourire et vous répond : « Vous ne devez jamais paniquer, mon cher ! »

L'état de panique a pour effet de laisser votre esprit s'emballer. Au lieu de tenir les rênes de l'étalon sauvage du mental, vous lui laissez la bride sur le cou et le laissez partir au triple galop vers le rebord de la falaise. Toutefois, si vous avez lu ce Guide avec attention, vous vous rappellerez que vous devez respirer. Vous ralentissez l'allure et reprenez le contrôle du mental. Comme un escargot qui rentre dans sa coquille, vous rentrez au centre de vous-même. Vous êtes redevenu un guerrier. L'état de panique est terminé.

ORIENTATION

Un guerrier doit toujours savoir où il se trouve.

Vous vous trouvez sur un énorme globe recouvert d'une écorce relativement fine et dont les entrailles sont remplies de feu. Il tourne autour de son axe (axe des pôles) à une vitesse d'environ un million six cent mille kilomètres à l'heure, et décrit simultanément une orbite elliptique autour d'une gigantesque boule d'hydrogène en fusion dont il est distant de 149,6 millions de kilomètres. Sa vitesse de rotation autour du soleil est d'environ cent cinq mille six cents kilomètres à l'heure ou trente kilomètres par seconde. Une vitesse inimaginable pour la plupart d'entre nous.

Mais vous n'avez pas à l'imaginer. Vous pouvez le sentir. Arrêtez simplement ce que vous êtes en train de faire. Restez immobile et soyez attentif à ce que vous ressentez dans votre ventre. C'est aussi simple que ça. Voilà ce que vous éprouvez quand vous allez à la vitesse de cent cinq mille six cents kilomètres à l'heure en tournant simultanément à un million six cent mille kilomètres à l'heure. Vous devriez avoir le tournis et perdre l'équilibre. Pourtant, la plupart du temps, rien de tout cela ne se passe.

Pendant ces moments où vous ne vous sentez pas dans votre assiette, désorienté, où vous avez le sentiment d'errer sans but, sans références, dans un océan d'absurdité et de non-sens, une bonne façon de vous remettre en selle consiste justement à passer quelques minutes à contempler la vitesse ahurissante avec laquelle vous êtes entraîné à travers l'espace.

Sept minutes de cette méditation suffiront à éclaircir votre perspective et à ramener votre esprit aux réalités miraculeuses de l'instant présent. Elle vous inspirera aussi, je l'espère, une crainte (voire une terreur) tout à fait salutaire qui vous fera mieux apprécier le fait d'avoir un endroit solide et relativement stable où poser votre derrière.

Imaginez que vous êtes dans un parc à thème. L'attraction que vous avez choisie est un simulateur de planète, qui vous donne la sensation de voyager autour du soleil à trente kilomètres par seconde, et autour d'un axe fixe à celle de un million six cent mille kilomètres à l'heure. La sensation est incroyablement subtile et parfaitement sublime. Vous êtes dans une sorte d'extase pendant les sept minutes que dure l'attraction. Puis vous quittez le simulateur, vous quittez le parc à thème, vous retrouvez votre vie habituelle.

VISUALISATION

Avant de pouvoir manifester une chose, vous devez la voir clairement.

La visualisation est un rituel qui consiste à se concentrer sur l'image d'une chose désirée de façon à la voir comme si elle était déjà manifestée.

Cette image peut-être graphique, symbolique, ou une combinaison des deux. Imaginons que vous aspiriez à la paix de l'esprit. Vous pouvez soit vous concentrer sur une image graphique de vous-même (votre visage, votre corps au repos), soit sur une image symbolique que vous aurez fabriquée (un tournesol au centre d'un symbole yin yang, une rose au centre d'une étoile à huit branches, etc.). Vous pouvez aussi combiner graphique et symbolique en vous imaginant en train de danser une rose à la main au centre d'une étoile ou sur les pétales d'une fleur de tournesol. Vous êtes votre propre metteur en scène.

Prenez place dans votre caverne de l'esprit originel au milieu de votre cerveau. Imaginez qu'il s'agit d'une salle de projection et projetez votre image sur l'écran imaginaire de votre front. En même temps que vous faites cela, connectez-vous à votre noyau impérissable et respirez régulièrement.

Tandis que vous regardez l'image (animée ou non) sur votre écran intérieur, investissez en elle un peu de la passion de votre cœur et de chi de votre ventre. En d'autres termes, concentrez-vous sur elle jusqu'à ce qu'elle devienne réalité.

Une fois que vous avez éprouvé la sensation de sa réalité, que vous l'avez sentie, touchée, goûtée et entendue, faites-la se réduire à la taille d'un atome entouré d'une lumière subtile et prononcez une formule comme « que cela soit ». Laissez-la ensuite s'évanouir, c'est-à-dire s'inscrire dans la réalité de votre Tao personnel.

La visualisation peut être utilisée avec une égale efficacité pour les choses les plus banales telles que trouver une place de stationnement ou dénicher un taxi un soir de pluie, comme pour les plus profondes telles que donner vie à votre propre corps spirituel.

Si deux personnes, ou plus, visualisent la même chose simultanément, l'énergie produite pour sa manifestation sera exponentielle. C'est ainsi que se gagnent des élections ou des marchés financiers, que des religions prospèrent et étendent leur influence.

Il n'y a guère de différence entre la visualisation et le rêve éveillé. Dans les deux cas, il s'agit d'amener une image sur votre écran intérieur et de lui donner vie.

MANIFESTATION

L'IMPORTANCE DES AUTRES

Tout le monde veut obtenir ce qu'il désire

Il n'y a rien de honteux à cela. Même les saints veulent obtenir ce qu'ils désirent, c'est-à-dire faire leur travail de saint. Le jeu qui consiste à obtenir ce que l'on veut est le meilleur dérivatif à la froideur de l'espace sans fin que nous évoquions plus tôt. Il vous donne un but, il vous permet de vous orienter, il vous fait vous lever le matin et prendre du repos la nuit venue. Toutefois, si ce que vous désirez, une fois que vous l'avez obtenu, s'avère néfaste à votre équilibre ou à celui de votre entourage, alors il est peut-être préférable de rester au lit.

Les choses que vous désirez impliquent nécessairement d'autres personnes que vous. S'il s'agit d'argent (il n'y a rien de mal à cela), il viendra à vous après être passé par d'autres mains. Même chose s'il s'agit d'amour charnel ou romantique. S'il s'agit d'un ambitieux projet créatif, vous aurez besoin de certaines personnes bien placées pour le mener à son terme.

Le meilleur moyen d'obtenir ce que vous désirez consiste donc à persuader les autres de vous l'accorder. Pour cela, il y a plusieurs façons de faire, directes ou indirectes, telles que mendier, supplier, revendiquer, démarcher, menacer, exiger, voler. Ces moyens sont tous externes. Ils demandent des talents particuliers et une certaine assiduité. Ils reposent en outre sur l'usage de la force. En cela, ils sont à l'opposé du moyen « interne » qui, lui, repose sur le chi, et ne fait appel qu'à la concentration.

L'approche interne est similaire en cela à l'approche externe qu'elle fait appel aux autres pour obtenir la chose souhaitée. Le niveau de communication, en revanche, est radicalement différent.

À l'origine, la chose que vous désirez prend naissance dans votre esprit sous la forme d'une création de la conscience. Puis, l'image se projette sur votre écran intérieur où, avec la passion du cœur et le chi du ventre, elle devient une pensée-forme. Celle-ci voyage ensuite jusqu'au cœur des rouages les plus secrets de la grande machinerie universelle pour, avec le temps, se matérialiser sur le plan terrestre.

Sur le chemin de sa pleine matérialisation, cependant, cette pensée-forme doit également franchir les barrages mentaux de divers personnages clés, lesquels doivent la ratifier et l'agréer.

Si l'énergie sortant de la machinerie universelle est assez puissante, l'agrément se fera sans peine. Dans le cas contraire, l'idée risque fort d'être étouffée dans l'œuf. Pour disposer d'une énergie suffisante pour lui faire traverser les résistances, vous devez en premier lieu l'envoyer avec assez de force dans la machinerie. Aussi, plutôt que d'employer votre énergie à convaincre les autres (approche externe), employez-la pour propulser l'image originelle dans le cœur de la machinerie universelle.

ALLER CHERCHER L'ESSENCE

Surprenez-vous vous-même.

Au lieu d'aller chercher la forme spécifique de la chose désirée, suivez la voie taoïste et allez plutôt chercher son essence. Par exemple, au lieu de visualiser un amant spécifique qui vient vers vous, visualisez le sentiment d'exaucement que vous vous attendez à éprouver lorsque vous serez en sa compagnie. Au lieu de visualiser cent millions de francs, visualisez le sentiment de sécurité et de satisfaction que vous éprouverez à chaque fois que vous recevrez votre relevé bancaire. Ce n'est pas tant la chose elle-même que vous désirez, mais son essence. Ce n'est pas l'amant, c'est l'amour. Ce n'est pas l'argent, c'est la sécurité ou le pouvoir.

Quand vous vous concentrez pour atteindre le sentiment que vous voulez éprouver, vous créez la vibration qui attirera à vous les personnes, les événements ou situations susceptibles de le générer en vous (selon la loi immuable des affinités). De cette manière, c'est-à-dire en laissant de côté vos filtres personnels, vous ne mettez aucune limite à ce que le Tao peut vous apporter.

Le grand avantage de cette approche non spécifique, c'est que vous vous donnez la liberté d'être surpris.

Dites-vous : « *Aujourd'hui je suis prêt à recevoir plein de bonnes surprises.* »

Et c'est tout ce que je vous souhaite.

L'ACHÈVEMENT SANS EFFORT

Avant de lire ce paragraphe, imaginez-vous en train de le terminer facilement et sans effort. Puis oubliez cette image, détendez-vous et commencez votre lecture.

Vous voulez que quelque chose se produise. Vous visualisez cette éventualité avec toute votre concentration, vous l'imbibez de passion et de chi, puis vous l'envoyez, à la manière d'un e-mail. Vous visualisez ce que vous voulez dire et l'impact que vos paroles auront sur votre auditoire, puis vous l'écrivez, et vous appuyez sur la touche « envoyer ». À partir de là, vous n'essayez pas de suivre le message dans son parcours le long de la ligne téléphonique jusqu'à votre serveur local, qui le recevra et le redistribuera. Vous laissez faire et passez à autre chose.

L'intention que vous avez envoyée dans le cœur de la machinerie universelle vous revient sous sa forme manifeste. Pendant le temps que prend le processus, vous n'avez dépensé aucune énergie pour sa réalisation. Vous avez projeté une intention et vous avez laissé faire. Ce qui ne veut pas dire que vous deviez rester vautré dans votre fauteuil à attendre que les choses vous tombent du ciel. Au contraire, « laisser faire » vous donne le loisir de suivre vos impulsions, c'est-à-dire les élans qui semblent naître spontanément en vous et qui sont trop forts pour être ignorés. Suivre vos élans spontanés vous approche de votre but (dont la grandeur et la noblesse dépendent entièrement de vous).

Imaginez que vous soyez le meneur d'un groupe travaillant à un projet créatif. Vous souhaitez parvenir à un résultat bien précis mais les divers ego impliqués dans l'affaire vous tirent dans des directions différentes, provoquant des achoppements qui nuisent à la bonne réalisation du projet. Plutôt que d'essayer de convaincre les membres du groupe de se soumettre à votre volonté, vous visualisez le résultat escompté, vous laissez faire, et vous vous rendez disponible pour l'action spontanée. Tandis que le travail continue, l'un après l'autre, tous les membres du groupe se rallient à votre vision, chacun étant bien sûr persuadé de le faire de son propre chef. Cette méthode est connue sous le nom de « diriger de l'arrière ».

Vous lancez votre intention, vous laissez faire et reprenez votre vie puis, avec le temps, l'intention fait son chemin et se manifeste d'elle-même. Dans l'éventualité où le processus ne semble pas s'articuler comme il faut, soit l'intention n'a pas été formulée assez clairement, soit l'objet de vos désirs était en fait trop limité par rapport au schéma d'ensemble – auquel cas le Tao lui-même pourrait bien se charger de relever votre ambition en vous dépêchant quelque chose de mieux.

DANS LA QUEUE

Dans ce jeu, soit vous perdez, soit vous gagnez. À vous de décider.

Vous arrivez au club pour une soirée privée. Vous êtes convenu avec vos amis de les retrouver à l'intérieur. Mais, catastrophe, il y a foule. La file d'attente fait pratiquement le tour du pâté de maisons. De plus, votre nom ne figure pas sur la liste des invités et vous ne vous sentez pas l'aplomb nécessaire pour raconter une histoire au videur bâti comme un sumo. Mais l'idée de faire la queue pendant une heure ne vous plaît guère.

C'est alors que vous faites appel à la méthode de visualisation sur laquelle vous travaillez depuis quelque temps. Vous vous centrez, vous ralentissez votre rythme respiratoire, vous vous « laissez couler ». Puis vous vous imaginez marchant vers le videur avec un sourire confiant, le type croit vous reconnaître, vous prend pour une vague célébrité, vous avez droit à un signe d'approbation de sa part, et vous entrez.

Une fois la visualisation faite, vous vérifiez que

l'énergie circule librement entre vos trois tantiens, et vous remontez toute la file d'attente d'un pas tranquille. Vous vous présentez devant le videur. Mais c'est la déconvenue. Vous êtes lamentablement rejeté.

Vous vous retrouvez de nouveau au milieu de la rue, un sentiment de honte vous chauffant les joues, et vous vous prenez à douter sérieusement de vos pouvoirs psychiques.

Le fait est que la méthode de visualisation ne marche pas à tous les coups. Je dirais même qu'il est essentiel que ce soit ainsi, car les moments de doute et de questionnement ont beaucoup à nous apprendre. Le processus d'auto-analyse qui s'ensuit est extrêmement profitable.

Peut-être que vous n'êtes pas habillé comme il faut. Peut-être que votre confiance intérieure et votre amour-propre ne sont pas à leur meilleur niveau. Peut-être que votre visualisation n'était pas proprement connectée avec vos trois tantiens. En tout cas, il était écrit qu'on devait vous refuser l'entrée ce soir.

Il se pourrait que l'incident soit un message métaphorique pour vous dire que vous avez encore du travail à faire avant de pouvoir franchir la prochaine porte dans votre évolution spirituelle.

Vous allez donc humblement prendre place au bout de la queue (qui s'est encore allongée depuis tout à l'heure). Vous vous consolez en vous disant qu'après tout, vous êtes comme tout le monde. Du point de vue de votre développement spirituel, votre soirée est une réussite.

Considérez que le videur est votre gourou du moment et que tous les gens dans la queue sont des disciples comme vous et répétez cette phrase douze fois :

Je suis disposé à apprendre en toutes circonstances et recevoir tout enseignement comme un cadeau.

AFFIRMATIONS

C'est comme ça parce que je l'ai dit.

Tout ce que vous manifestez a commencé par n'être qu'une pensée. Les pensées ont un pouvoir. Les mots sont les récipients des pensées et possèdent donc du pouvoir. La plupart des nouvelles dont les médias se font l'écho concernent ce que tel ou tel a déclaré plutôt que ce qu'il a fait. Les rituels magiques célébrés dans les églises ou dans les temples reposent sur un usage correct et précis de formules verbales. Le succès d'une campagne publicitaire dépend de l'impact qu'auront les mots sur le public. Tout message, du plus sublime au plus ridicule, est acheminé par l'intermédiaire des mots. « Dieu dit : Que la lumière soit ! Et la lumière fut », cette phrase de la Bible signifie clairement que le Grand Chef en personne s'est servi des mots avant que la vision puisse se produire.

Les mots sculptent les mondes, et c'est bien pour cela qu'il est si important de les utiliser de façon précise. Faire des affirmations est l'art de donner forme à son monde en se servant de mots précis de manière positive. Une affirmation (littéralement, dire « oui » à une chose désirée) peut être énoncée, chantée, écrite, ou une combinaison des trois. Répétée six fois ou plus, elle génère une image dans votre esprit (visualisation). Celle-ci, si elle est suffisamment imprégnée de charge émotionnelle (passion) et de chi, provoquera des modifications conséquentes dans votre champ énergétique et, par extension, dans votre monde. Les affirmations peuvent prendre de nombreuses formes ayant toutes un principe commun : déclaration positive, usage du présent de l'indicatif. La forme la plus simple est le « Je suis », décliné à l'infini : « Je suis beau, je suis fort, je suis en bonne santé, je suis capable de faire ce que je veux. »

Il y a aussi le « Je choisis ». « Je choisis la beauté, je choisis la force, je choisis la santé, je choisis de faire ce que je veux. »

Il y a le « Je mérite ». « Je mérite la beauté, je mérite la force, je mérite la santé, etc. »

Et le « Je manifeste maintenant », qui est plus péremptoire. « Je manifeste maintenant la beauté dans ma vie, je manifeste maintenant un accès facile et sans effort à tout ce que je désire. »

N'hésitez pas à mélanger ces formes d'affirmation : « Je suis fort et sage. Je choisis d'utiliser ma force et ma sagesse pour accomplir quelque chose de grand. Je mérite d'y parvenir. Je manifeste maintenant une merveilleuse surprise. »

Le fait d'affirmer à voix haute, surtout en la présence de personnes avec qui vous êtes en empathie, aura pour effet d'accroître le pouvoir magique des mots (d'où la force des hymnes religieux, des prières chantées).

Énoncez vos déclarations comme si la chose que vous affirmez est en train de se produire à ce moment précis. Utilisez un style qui convient à votre personnalité sans avoir peur d'être créatif. Évitez de dire : « Je ferai beaucoup de choses aujourd'hui. » Vous repoussez la force dans un futur hypothétique.

C'est trop vague, pas assez assuré. Dites plutôt : « Je fais beaucoup de choses aujourd'hui. »

Écrivez dix-sept fois : « J'ai le pouvoir de manifester tout ce que je veux simplement en affirmant que je le fais. Tant que ce que j'affirme est en accord avec le flux naturel des événements et des circonstances, je me donne toutes les chances pour être exaucé. Si je ne le suis pas, c'est sans doute qu'une chose encore plus magnifique et plus étonnante est sur le point de m'arriver.

BÉNÉDICTIONS ET MALÉDICTIONS

Parce que les mots que vous employez sont investis d'un énorme pouvoir, il est important de les utiliser avec sagesse envers les autres.

Quand vous déclarez quelque chose, cela revient en quelque sorte à jeter un sort.

Vous avez toujours le choix entre la façon positive et la façon négative de voir une situation. Imaginons qu'un de vos amis vous raconte son histoire et que vous voyiez son récit sous un jour négatif. Vous fondant sur ce choix, vous lui faites ensuite une déclaration négative. Ce processus équivaut à lui jeter une malédiction. Certains médecins se comportent de la sorte par inadvertance, annonçant par exemple trop hâtivement à un malade qu'il est condamné et sabotant ainsi sa capacité de récupération.

En revanche, si vous choisissez de voir la situation de votre ami sous un jour positif, l'avis que vous émettrez sera de nature positive et sera pour lui une bénédiction.

Quelqu'un vient vous voir. Son genou est blessé. Si vous lui dites qu'il ne pourra jamais plus courir ou faire du vélo, vous lui jetez un mauvais sort. Si vous lui affirmez qu'après une bonne convalescence, il pourra de nouveau se livrer à toutes ses activités, vous lui donnez votre bénédiction.

Quand vous entendez une personne jeter ainsi un mauvais sort à une autre par inadvertance, suivant en cela son propre penchant négatif, efforcez-vous de rectifier le tir en décochant une affirmation positive. Par exemple, l'un de vos amis vous dit : « Tu n'arriveras jamais à faire ceci ou cela » ; plutôt que de laisser le dernier mot à ce jugement négatif, répliquez : « Je peux faire tout ce que je choisis de faire. »

Que tous les mauvais sorts qui pèsent sur vous soient à présent levés. Que la bénédiction du Tao vous accompagne partout où vous allez et quoi que vous fassiez.

PATIENCE

Si vous ne devez faire qu'un seul souhait, souhaitez que tout ce qui est soit exactement comme il est. Puis attendez patiemment que votre souhait se réalise.

Attendre patiemment que quelque chose de bon se produise n'est pas une activité passive. C'est un état actif. Soyez confiant : ce qui vous est destiné vous reviendra. Soyez-en sûr, ayez la foi. Respirez profondément, détendez-vous, écoutez les élans spontanés qui naissent et se développent en vous. Ainsi, vous vous engagerez activement dans les affaires du monde, savourant chaque moment qui passe jusqu'à ce que, le temps aidant, la chose que vous attendiez patiemment se présente à vous.

Vous n'avez pas perdu une seconde de votre précieux temps à souhaiter que votre monde soit différent de ce qu'il est. C'est cela la vraie patience. Vous savez très bien que selon la loi immuable du yin et du yang, les choses changent d'elles-mêmes de toute façon, et que si vous avez clairement formulé votre intention originelle (concentration, visualisation), elles le feront en se conformant à votre souhait. La patience est aussi la qualité requise pour un « patient ». Il se remet en toute confiance entre les mains du guérisseur, le laissant accomplir les gestes qui apaiseront ses maux.

L'impatience nous affecte de toutes sortes de manières. C'est une forme d'apitoiement sur soi. Encore un autre artifice pour nous empêcher de nous engager dans la réalité de l'instant présent.

Vous attendez impatiemment que quelque chose de bon vous arrive en croyant qu'une fois exaucé, votre esprit agité trouvera l'apaisement. Mais aussitôt que vous avez obtenu ce que vous vouliez, l'esprit de nouveauté s'estompe et votre esprit retombe dans la même agitation.

Attendez patiemment, soyez pleinement engagé dans la conscience de l'instant, restez centré quand bien même le monde tourbillonnerait autour de vous, et vous verrez que les choses et les êtres viendront spontanément à vous, les bras chargés de tout ce que vous désiriez.

Répétez quatorze fois de suite : « Je suis empli d'une patience infinie. D'une patience infinie je suis empli. »

VOYAGE ASTRAL

Meilleur marché et moins polluant que les transports aériens ou les transports en commun, moins fatigant que le vélo et presque aussi rapide que la lumière elle-même, le voyage astral est le « must » du guerrier urbain.

Pensez au plaisir inénarrable d'être capable de se téléporter instantanément en n'importe quel endroit de l'univers et à n'importe quelle époque. Eh bien, vous pouvez le faire. À vrai dire, sans en être conscient, vous le faites déjà, pendant votre sommeil.

La technique du voyage astral a pour but de faire s'épanouir votre faculté innée d'envoyer votre corps spirituel n'importe où dans l'espace et dans le temps. Malheureusement, la technologie n'est pas encore assez avancée pour vous permettre la pleine et entière téléportation physique. Mais ce n'est qu'un détail en regard de l'extraordinaire expérience qui est à votre portée ici et maintenant, celle de vous propulser à travers le cosmos à bord de votre propre corps spirituel. En dehors de l'aspect purement ludique de la chose, songez à l'utilité de vous projeter dans le futur dans le cadre de visualisations, de manifestations d'intentions et de rassemblement d'informations. Imaginez que vous êtes capable de vous transporter par avance au cœur d'une situation afin de préparer le terrain.

Imaginez que vous pouvez vous transporter dans le passé, tel que vous êtes aujourd'hui et avec votre expérience, afin de guider votre ancien moi à travers un passage difficile. Après tout, qui pourrait mieux vous guider que vous-même ?

Avant tout, ayez une bonne maîtrise de l'exercice « boucler la boucle », ceci afin d'avoir une bonne prise sur votre corps spirituel. Ensuite, lancez-vous.

Vous connaissez la technique du soldat qui consiste à ramper comme un serpent à travers les lignes ennemies ; eh bien, le mouvement est à peu près le même excepté que vous êtes assis sur votre derrière et que vous avancez en bougeant une fesse après l'autre. Vous avez fermé les yeux et vous pensez que chaque mouvement en avant vous fait bien peu progresser, mais à vrai dire vous ne bougez pas physiquement, ce n'est qu'une illusion. Vous « bouclez la boucle » plusieurs fois de suite. Vous vous sentez à l'abri dans votre œuf cosmique. Vous êtes un corps spirituel immortel propulsé dans l'espace.

Vous pouvez partir en vol libre, sans destination prédéterminée, et laisser à votre corps spirituel l'initiative de vous choisir une destination, ou sélectionner un point particulier dans l'espace et le temps. Ce que vous ferez une fois arrivé, c'est votre affaire. Sachez seulement qu'une fois parvenu à ce niveau opérationnel, vous pouvez causer de sérieux dommages psychiques (et par extension, physiques) à la fois à vous-même et aux autres en vous mêlant de ce qui ne vous regarde pas.

Il est recommandé pour le voyage de retour de décrire de larges cercles (les virages brusques sont susceptibles de vous désorienter si vous êtes encore un apprenti pilote), jusqu'à vous réassujettir à votre corps physique à l'endroit exact dans le temps et l'espace où vous l'aviez quitté. Vous vous sentirez alors aspiré dans votre enveloppe charnelle à une vitesse phénoménale. Avant l'atterrissage, profitez du point de vue unique (et aérien) que vous avez sur vous-même.

Une fois revenu dans votre corps, prenez le temps de rassembler correctement toutes les parties de vous-même, et « bouclez la boucle » plusieurs fois de suite afin de préserver votre structure psychique de toute déformation ou désorientation spatio-temporelle.

Dans le cas où vous vous sentez brusquement arraché à votre voyage astral par des perturbations survenant sur le plan physique, votre corps spirituel reviendra instantanément dans votre corps matériel, vous laissant momentanément hébété, un peu comme si vous sortiez d'un sommeil profond peuplé de rêves. Ce type de voyage peut devenir obsessionnel s'il est pratiqué trop souvent et comme une simple distraction. Je vous recommande donc d'en faire un usage modéré.

INTUITION

Votre intuition vous sauvera de situations potentiellement dangereuses et vous évitera de glisser sur les mauvaises pentes, à condition que vous soyez capable de vous taire et d'écouter.

Toute situation émet des vibrations. Les situations négatives potentiellement dangereuses et nuisibles émettent des vibrations lentes. Celles positives et potentiellement bénéfiques émettent des vibrations rapides. Quand ces vibrations entrent en contact avec votre champ énergétique, elles produisent soit une résonance soit une dissonance dans le tantien du milieu et dans celui du ventre, selon votre propre rythme vibratoire du moment.

Une exposition à des vibrations lentes engendre des sensations d'engourdissement et de lourdeur dans le corps, et provoque une baisse d'énergie dans la structure psychique. L'exposition à des vibrations plus rapides engendre au contraire une sensation de légèreté et charge en énergie la structure physique.

Quand votre champ de force psychique est fort et votre rythme vibratoire rapide, vous attirez à vous des vibrations positives. Vous êtes automatiquement repoussé par les situations négatives et les risques d'« accident » sont écartés. Votre corps se sent lourd et inconfortable quand vous êtes à proximité du danger. Si votre esprit est tranquille et votre attention fixée sur l'instant, vous entendrez littéralement la dissonance dans votre ventre et votre poitrine, comme une sonnerie d'alarme vous avertissant que vous auriez tout intérêt à passer votre chemin.

Ne négligez jamais les signaux d'alarme. Ils peuvent vous éviter bien des problèmes.

ÉCHEC

Il ne saurait y avoir de mort, il ne saurait y avoir d'échec, vous n'avez rien à redouter.

Quand vous considérez votre vie en termes de succès et d'échec, vous devez vous rappeler que ces termes sont relatifs et non pas absolus. Les critères sur lesquels vous vous basez sont subjectifs et manquent totalement de perspective. Si vous jugez le succès en termes de longévité, alors la mort est une sanction finale d'échec.

C'est une vision terriblement pessimiste de votre séjour sur cette terre. Cela signifierait que vous êtes né pour perdre.

Si vous considérez le succès en termes de richesse matérielle ou de statut social, là aussi l'échec sera la sanction finale, car vous perdrez la fortune et le statut social au bout du compte.

En revanche, si le succès dépend pour vous du temps passé en état de conscience éveillée au sein de la réalité de l'instant présent (l'instant éternel), dont la réussite sociale et la longévité peuvent par ailleurs être les sous-produits, vous ne perdez rien au moment de la mort. Vous aurez en effet établi un lien indéfectible (au moyen de la conscience) entre ce monde-ci et les royaumes supérieurs ?

Le succès, c'est la survie. La survie de votre propre conscience, c'est-à-dire l'accès microcosmique à la conscience universelle.

En regard de cette réussite-là, les déceptions et désagréments mineurs de la vie matérielle (pertes financières, déceptions amoureuses) ne peuvent véritablement être considérés comme des échecs. Il serait plus judicieux (et infiniment plus profitable) de voir en eux des signes d'avertissement, des leçons sur le chemin du développement spirituel.

Le meilleur antidote à la phobie de l'échec est l'amour de soi. Aimez-vous vous-même en toutes circonstances. Sans exceptions ni exclusions. Peu importe si vous pensez que vous vous êtes comporté stupidement ou méchamment. Continuez à vous aimer de toute façon.

Répétez-vous : « Je m'aime aujourd'hui et je m'aimerai demain, quelles que soient les circonstances. »

Quand vous aurez pris l'habitude de vous aimer sans la moindre restriction, vous serez plus à même d'aimer les autres pleinement. Vous aurez alors atteint l'état de bouddha.

LA PEUR

Surmonter votre peur est la chose la plus importante pour vous.

Il est impossible de supprimer totalement la peur. Ce serait d'ailleurs stupide, car vous vous priveriez d'un allié précieux. La peur est nécessaire à votre survie, dans les cas d'extrême urgence comme dans la vie quotidienne. Elle n'est pas là pour faire barrage, mais pour vous pousser dans la bonne direction. Elle ne doit pas vous gouverner, mais vous servir.

C'est la peur qui vous empêche de vous brûler les mains dans le four, sans pour autant vous empêcher d'y faire chauffer votre repas. Elle doit être dominée de façon à vous permettre de vivre pleinement votre vie. Dominer sa peur, c'est d'abord la reconnaître, puis continuer son chemin malgré elle, quitte à claquer des dents s'il y a lieu. Cette volonté de poursuivre son chemin quoi qu'il arrive, c'est cela le vrai courage.

Il existe cinq peurs fondamentales. La première est la peur de la privation, de ne pas arriver à subvenir à ses besoins.

La seconde est la peur de l'humiliation, du rejet, du bannissement (d'une tribu ou d'un groupe).

La troisième est la peur de la mort.

La quatrième est la peur de l'au-delà, de l'enfer, ou de la réincarnation sous une forme peu enviable.

La cinquième et dernière – la peur la plus profonde – est la peur de la douleur physique.

Connaître les différents visages de la peur vous permettra de vous en faire en amie et de développer votre énergie positive. Elle devient alors une source d'excitation (d'où le succès des films d'horreur).

LA MORT

En tant que guerrier, vous êtes déjà mort.

La mort est la dernière frontière, le départ vers l'inconnu. Et surtout, la mort est une illusion. Bien sûr, vous quittez votre corps, opération qui peut s'avérer douloureuse, mais une fois le passage franchi, une fois que vous avez laissé derrière vous les éléments de votre moi mortel, vous vous retrouvez là où vous avez toujours été quand votre conscience n'était pas accaparée par le tourbillon social de la vie terrestre, au cœur de l'éternité, en train de contempler votre moi rêvé s'incarner encore et encore, vie après vie.

Ce soi-disant état de mort (état de vie éternelle) est en fait le lieu où vont les guerriers lorsqu'ils sont plongés en méditation. Il est beaucoup plus facile d'y travailler car aucune restriction physique ne vient interférer.

Afin de profiter pleinement de cet état de libération, vous avez tout intérêt à développer votre relation avec votre corps spirituel dès maintenant, car c'est lui qui vous conduira vers les royaumes supérieurs et qui sera le temple où vous poursuivrez votre existence immortelle (du moins jusqu'à votre prochaine incarnation).

Il est essentiel de se préparer à mourir, de se mettre dans la disposition d'esprit adéquate pour lâcher les amarres au moment approprié et retourner le cœur en paix vers le grand absolu du non-différencié.

La méditation qui suit vous aidera à accepter et à préparer ce voyage et contribuera à apaiser les peurs qui vous agitent.

Vous êtes confortablement assis et, tout en respirant, vous inhalez l'état de mort. Vous êtes mort. Puis, en expirant, vous expirez vers la vie. De cette façon, vous régénérez l'œuvre d'art que vous avez créée autour de vous, c'est-à-dire votre vie.

Chaque fois que vous inhalez, efforcez-vous de soustraire vos sens à la réalité du plan terrestre. Chaque fois que vous expirez, laissez vos sens fusionner avec la totalité de la création.

Cette méditation, si elle est pratiquée avec régularité, vous ouvrira la voie vers l'illumination. Quand vous serez à l'aise avec votre concept de la mort, entraînez-vous à être mort le plus souvent possible. La mort n'est qu'un fantasme, une illusion dans l'esprit des gens. Si vous êtes mort, vous ne pouvez pas être tué ou blessé en aucune façon, vous n'avez donc rien à perdre. Si vous n'avez rien à perdre, vous avez tout à gagner. Tout ce qui vient alors à vous, c'est cadeau.

Note : Il est fortement déconseillé de provoquer votre mort avant l'accomplissement total de votre cycle de vie. Dans le cas où vous éprouveriez des envies suicidaires, la pratique de cette méditation pourra vous éviter de passer à l'acte.

BESOINS ESSENTIELS

L'AIR

Tout l'air du monde est pollué.

Plus vous approchez des grands centres urbains, plus l'air est pollué. Quoi qu'il en soit, respirez toujours aussi profondément que possible. Plus vous inhalez de poison, plus vous inhalez d'oxygène avec. Respirer timidement ne vous protégera pas du poison contenu dans l'air, mais causera des tensions dans votre diaphragme – tensions qui feront obstacle à la circulation du chi.

Allez-y franchement. Respirez cette saleté et transformez-la grâce au pouvoir de votre chi. Trans-

portez-vous dès que vous en avez l'occasion vers des régions moins peuplées pour vous gaver de bols d'air pur. En ville, faites votre footing tôt le matin, à l'heure où les pollutions psychique et physique sont encore relativement ensommeillées.

L'EAU

L'eau potable est un bien précieux... de plus en plus précieux.

Trente villes chinoises, dont Beijing, sont en train de s'enfoncer dans le sol à cause d'un pompage immodéré des eaux souterraines. La Chine étant en passe de devenir l'une des toutes premières puissances mondiales, cette situation de pénurie d'eau potable aura très certainement un impact sur notre vie à tous.

L'eau, mère de la vie, est une substance magique dont les effets magiques peuvent être observés en n'importe quel endroit de la planète. Il est donc essentiel de ne pas la gaspiller, de la respecter et de la chérir.

LES ALIMENTS

Ce ne sont pas les aliments qui vous maintiennent en vie, c'est le chi qui est contenu dedans.

Bien que la chaîne alimentaire comporte quelques maillons rouillés, que cela ne vous empêche pas d'apprécier un menu trois étoiles quand vous en avez l'occasion. Ces « accidents » dans la chaîne alimentaire affectent le chi contenu dans les aliments et entraînent des problèmes d'estomac ou de digestion, maux qui sont de plus en plus répandus dans nos pays dits civilisés.

Utilisez votre pouvoir de visualisation pour transformer tout ce que vous ingérez en chi de premier choix. Évitez les viandes rouges (y compris l'agneau), qui fatiguent le foie et les reins, causent des symptômes arthritiques, des accès d'irritabilité et d'apathie. Les produits laitiers sont à consommer sans excès, ils augmentent les sécrétions des muqueuses, causent des dommages dans le système respiratoire et encombrent le champ énergétique. Évitez les fastfoods et les aliments surgelés qui contiennent du chi négatif. Évitez aussi les crustacés. Ne mangez pas trop de poisson en raison du niveau de pollution des océans qui ne cesse de s'accroître.

Les plats que vous dégustez ont-ils été préparés avec amour ? Si oui, alors ils sont chargés de chi. Or, plus ils seront chargés de chi, plus ils seront en mesure d'absorber les éléments nocifs éventuellement contenus dans les aliments.

Une bonne mastication est essentielle (environ cinquante mastications par bouchée de nourriture). Prenez conscience du chi que vous ingérez à chaque déglutition.

Asseyez-vous quand vous mangez, et concentrez autant que possible votre entière attention sur ce que vous faites. Si vous lisez ou bavardez, soyez malgré tout conscient du processus de la digestion.

Évitez de penser à vos problèmes pendant que vous êtes à table. Une telle rumination a pour effet de charger négativement votre chi.

S'il est bon d'être attentif à la qualité de vos aliments, cela ne doit pas devenir une obsession. Sachez relativiser. Pensez aux millions de gens qui n'ont rien à manger.

HYGIÈNE

La propreté est l'amie de la sainteté.

Quand votre corps est sale, votre énergie/chi se salit également. Être sale (et le rester) trahit une incapacité à se débarrasser du passé et à aller de l'avant. Une bonne hygiène implique de se laver chaque jour (et même deux fois par jour dans les centres urbains pollués). Elle permet une bonne circulation du chi, vous aide à entretenir l'élan vital et fait de vous un individu agréable à fréquenter. Préférez les douches aux bains, qui entraînent une consommation d'eau excessive.

Transformez votre toilette quotidienne en une méditation sur les pouvoirs magiques de l'eau et l'instant présent. Laissez le passé s'écouler avec l'eau sale et disparaître à vos pieds. Ouvrez-vous à cette nouvelle journée qui commence.

Brossez-vous les dents au moins deux fois par jour. Utilisez autant que possible des shampooings et des savons naturels et évitez les parfums trop forts, les déodorants, les eaux de Cologne. Ils perturbent l'équilibre de votre champ énergétique et envoient de faux messages à votre entourage. Utilisez des huiles essentielles. Elles ont pour effet de complémenter votre odeur corporelle plutôt que de la masquer.

Efforcez-vous également de maintenir votre espace vital propre et dépoussiéré (sans pour autant devenir un maniaque du ménage).

LE SOMMEIL

Le sommeil est l'une des activités les plus réparatrices qui soient pour le guerrier.

Si quatre heures de sommeil sont théoriquement suffisantes pour que votre système se régénère, il y a cependant un risque d'épuisement de vos réserves d'adrénaline. Sept heures par nuit permettent de pleinement accomplir les cycles du rêve et de l'auto-guérison. Avant minuit, les heures de sommeil ont un pouvoir régénérateur surmultiplié.

Le sommeil permet à votre corps de se régénérer, à votre énergie de se renouveler. Dormez dès que vous en ressentez le besoin, et d'une seule traite. Le sommeil entrecoupé perturbe la circulation du chi. Le sommeil entretient non seulement le corps, mais aussi l'esprit, l'apparence, la vivacité, l'attitude, l'humeur. Votre esprit reçoit des informations pendant que vous rêvez, souvent de nature prémonitoire. Vous pouvez intégrer ces informations en prenant vos rêves en note dès le réveil.

Dormez de préférence sur le côté droit, lové comme un chat, de façon que le sang soit purifié par le foie. Trop de sang dans le cœur pendant le sommeil entraîne des rêves agités et souvent perturbants.

Juste avant de vous endormir, choisissez consciemment quelle sorte de voyage vous voulez faire en rêve et à quelle heure vous voulez vous réveiller. Retirez ensuite votre conscience dans la caverne de l'esprit originel (centre du cerveau), et regardez à travers le milieu de votre front comme si vous aviez un troisième œil. Si vous parvenez à conserver un état de conscience éveillée pendant que vous plongez doucement dans le sommeil, vous serez capable de voir la chambre dans laquelle vous dormez comme si vous aviez les yeux ouverts. Lorsque cela se produit, « laissez-vous couler » et « bouclez la boucle », vous pourrez alors suivre votre corps spirituel dans ses aventures secrètes, exactement comme Peter Pan et Wendy. Si vous voulez flotter, voler ou accomplir tout autre fait surnaturel, levez mentalement les mains jusqu'à votre front et examinez-les des deux côtés, cela aura pour effet de vous donner le contrôle conscient de votre voyage.

L'insomnie est due à un excès de feu dans le cœur (adrénaline), ce qui peut être traité efficacement par l'usage de l'acuponcture.

LE TOUCHER HUMAIN

Touchez-vous les uns les autres.

Toucher d'autres personnes et être touché par elles est un facteur essentiel pour entretenir la bonne santé physique, émotionnelle et psychique (là encore, veillez à ne pas exercer une pression supérieure à cent vingt grammes). Le chi se transmet par le toucher (c'est la base des méthodes de guérison taoïstes). Sa circulation est accélérée à l'endroit du contact, ce qui explique l'agréable sensation éprouvée lorsqu'une personne nous touche, surtout si elle le fait avec amour, lequel adoucit la texture du chi.

Les poignées de main, les étreintes, les caresses, les massages ont pour effet de réchauffer notre monde et de rendre plus harmonieuses nos interactions avec les autres. Une caresse amicale fait bien plus pour la communication entre les êtres que la parole ou l'écrit. Elle transmet à la fois le chi et de bonnes vibrations, elle vous permet de « lire » l'énergie de la personne touchée et d'interpréter ses intentions.

LES OUTILS

Vos outils ont besoin de vous.

Entretenez vos outils. Que ce soient vos mains, votre voiture, votre vélo, votre instrument de musique, votre ordinateur, vos livres, votre marteau, votre perceuse. Bref, tout ce dont vous vous servez pour travailler (ou bricoler, ou passer le temps) doit être régulièrement nettoyé et maintenu en bon état de marche.

Vos outils sont une extension de vous-même. Votre chi et votre conscience les traversent. Consacrer du temps à leur entretien est une forme de méditation, une opération magique qui les investira de pouvoir tout en leur donnant davantage d'efficacité et de précision.

MÉDITATION

Uriner et déféquer n'est pas sale ou honteux.

Notre conditionnement culturel, basé sur une négation de la nature et de ses multiples manifestations (voyez comme même les chants d'oiseau sont en déclin dans nos villes), nous a enfoncé dans le crâne la notion selon laquelle l'acte de faire ses besoins était quelque chose de honteux. En fait, l'acte de se vider la vessie ou les intestins lorsque l'envie s'en fait sentir est l'un des plus grands plaisirs de la vie. Il n'y a vraiment pas de quoi avoir honte. Au contraire, c'est là un moyen d'établir un contact étroit avec la nature – la Tao – et de prendre un moment de pause au milieu de vos activités.

Lorsque vous allez à la selle, veillez à être aussi détendu que possible et maintenez le dos droit. Le fait de se pencher en avant cause des blocages et des tensions. Évitez de crisper le bassin et le sphincter anal en expulsant la matière fécale de façon trop brusque. Centrez-vous bien, « laissez couler », respirez régulièrement et laissez les lois de la gravité travailler en accord avec vos contractions intestinales pour libérer vos excréments.

L'acte d'uriner doit également être dépourvu de tensions. Relâchez votre vessie sans la forcer, et sans avoir à vaincre de résistance dans l'urètre due à un blocage émotionnel. Pour les garçons, il est recommandé d'uriner sur la pointe des pieds, posture qui renforce et raffermit les reins.

L'urine et les matières fécales sont les boues issues de votre passé. Elles doivent être conservées le moins longtemps possible. Elles sont là pour nous rappeler notre nature primitive et, en ce sens, nous leur devons le respect. Gardez-vous cependant de tomber dans les extrêmes en entretenant avec vos excréments une relation fétichiste. Faites-vous plaisir à chaque fois que vous faites vos besoins. Ne vous privez pas de ce petit bonheur qui ne coûte rien.

LE SEXE

Vous êtes sexy !

Le guerrier urbain se doit d'être sexy et de se sentir sexy. Votre rapport au monde doit être sexy. La façon dont vous vous impliquez dans la vie de cette planète doit être sexy. Votre relation avec les royaumes supérieurs (votre esprit) doit être sexy. Tout ce que vous faites doit être sexy car sexy signifie « connecté », connecté avec la force de vie, et quand vous êtes connecté, vous êtes authentique.

Visualisez deux petits tubes qui partent de la plante de vos pieds et remontent par l'intérieur des jambes jusqu'au périnée (entre l'anus et les parties génitales) pour se terminer à l'extrémité de votre sexe.

De là, ils repartent ensuite vers le périnée, se sépa-

rent pour descendre chacun par l'extérieur des jambes et rejoindre leur point de départ sous la plante des pieds.

Respirez profondément, sentez l'air entrer par les tubes sous vos pieds, remonter jusqu'au périnée, puis jusqu'à l'extrémité de votre sexe, et remplir vos parties génitales.

Expirez et sentez l'air qui se retire de votre sexe et descend le long de vos jambes jusqu'à vos plantes de pieds.

Exécutez ainsi neuf cycles de respiration et terminez en gardant l'air (chi) dans la région génitale.

Cet exercice accroîtra votre flux d'énergie sexuelle. Pratiquez-le conjointement à « boucler la boucle » et « l'œuf psychique », de façon à créer un champ magnétique qui attirera vos futurs partenaires sexuels vers vous.

L'énergie sexuelle est l'exemple le plus tangible du chi. C'est aussi l'exemple le plus tangible de l'impulsion créative divine. Son statut spirituel est attesté par le fait de sa puissance, une puissance telle qu'elle est à la base de la fabrication des nouveaux êtres. En d'autres mots, n'ayez jamais honte de votre sexualité.

Lorsque votre énergie sexuelle circule librement (pas seulement dans les parties génitales, mais dans tout le corps), vous vous sentez plus élevé spirituellement et davantage connecté à vos impulsions. En outre, vous n'aurez aucune difficulté à trouver de nouveaux partenaires. La fluidité de votre chi vous rend désirable, et quand vous êtes désirable, le monde entier est désirable avec vous. Un programme de télévision doit être sexy pour faire de l'audience, un livre doit être sexy pour devenir un best-seller.

Tout doit être sexy pour être désiré par un public. Car le désir, c'est le divin.

Soyez sexy dans tout ce que vous faites. Répétez aussi souvent que possible : « Je suis sexy, je suis sexy, je suis sexy, je suis sexy, je suis sexy, je suis sexy, je suis sexy, je suis sexy, je suis sexy, je suis sexy, je suis sexy, je suis sexy. »

LES PRÉSERVATIFS

Le port du préservatif peut être érotique.

À moins d'être marié ou engagé dans une relation de couple impliquant une totale et réciproque fidélité, une vie sexuelle active exige l'emploi systématique de préservatifs.

Vous avez toutes les chances que les virus des hépatites B et C, de l'herpès, et bien sûr du sida ne viennent pas semer le désordre ou la mort dans votre système si vous utilisez régulièrement des préservatifs. C'est aussi simple que ça.

Certaines personnes, se croyant sans doute physiquement immortelles, croient pourtant qu'elles peuvent donner libre cours à une sexualité aventureuse sans recourir à eux. La vraie raison à cela, au-delà du fait de s'exposer inutilement (et surtout d'exposer ses partenaires) par bravade ou par machisme imbécile, c'est la peur. Peur de perdre son érection en enfilant le préservatif. Peut-être s'imaginent-ils que la capote risque de les émasculer, ou que son emploi sous-entend que le sexe masculin est « sale » et qu'il doit être tenu à l'écart de l'intimité sexuelle, ou encore que cette pellicule de latex va diminuer ses sensations lors de la pénétration.

Du côté de la partenaire féminine, il y a la peur d'être considérée comme une mijaurée ou une paranoïaque.

Considérons maintenant le problème sous un autre angle. Par exemple, en estimant que l'acte d'enfiler un préservatif est un art érotique en lui-même...

Imaginez que le préservatif est un accessoire hautement érotique et que le fait de l'utiliser est non seulement branché, mais terriblement sexy (après tout, les modes changent suivant la façon de percevoir les choses). Imaginez-vous ou votre partenaire en train d'enfiler une capote avec une infinie délicatesse et sensualité. Imaginez que l'érection est accrue (considérablement) de par ce fait. Il n'y a rien d'aberrant à cela. Nombre d'accessoires érotiques sont loin d'être aussi confortables. Faites partager à vos partenaires ce petit exercice d'imagination. La capote, c'est « cool » !

LA CULTURE DE LA DROGUE

Drogues, drogues, drogues.

La majorité des substances mentionnées ici, et dont la liste n'est pas exhaustive, est prohibée dans la plupart des pays. Bien que je ne préconise nullement leur usage, je le déconseillerais même dans un contexte autre que médical ou religieux, si vous deviez un jour entrer en contact avec l'un de ces produits, les quelques recommandations qui suivent pourraient vous être utiles.

C'est le guérisseur qui s'adresse à vous, un guérisseur qui a été le témoin de suffisamment de tragédies dues à l'usage de la drogue pour employer à leur sujet un langage totalement dépourvu de romantisme.

Le haschisch ou l'herbe, c'est-à-dire le THC, ou tétrahydrocannabinol, la substance active du cannabis, était utilisé comme analgésique par la reine Victoria pour soulager ses douleurs menstruelles. Le THC aide à atténuer l'impact du monde extérieur sur votre système. Il a tendance à disperser votre chi, à saper vos efforts de concentration, à obscurcir votre mémoire à court terme. En contrepartie, il mettra un peu de magie dans votre réalité pendant une heure ou deux.

S'il est vrai que le THC peut exacerber votre créativité, surtout en ce qui concerne la musique et les arts visuels, à forte dose, il peut déclencher des crises de paranoïa. Son usage prolongé entraîne parfois de sérieuses psychoses qui, dans certains cas, essentiellement lorsque la structure psychique de l'usager est particulièrement fragile, peuvent mener tout droit à la folie.

Il est vital de contrebalancer les effets négatifs du THC par la pratique d'exercices tels que le tai chi, le jogging ou le yoga, et de se recentrer régulièrement pour ne pas perdre contact avec l'instant présent. L'état de prostration induit par le THC affaiblit également votre bouclier psychique. Il est donc nécessaire de renforcer au moyen des techniques prévues à cet effet.

Vous pouvez pratiquer la méditation ou le centrage sous l'influence de drogues, sans pour autant penser que vous commettez un sacrilège. Il vaut toujours mieux agir que de perdre son temps à s'inquiéter. L'élément important est de ne pas laisser la drogue prendre le contrôle de votre personnalité et vous écarter de votre voie.

L'acide (LSD) est généralement vendu en doses suffisamment raisonnables pour que vous ne sautiez pas par la fenêtre en vous prenant pour un aigle royal. Ses effets entraînent des hallucinations visuelles et auditives, des distorsions temporelles (étirement/rétrécissement). Mais au-delà du frisson d'excitation qu'il procure, et bien que sa signification religieuse se soit quelque peu perdue dans les tourbillons psychédéliques des années 1960 et 1970, son action libératrice sur la créativité et la pensée a largement influencé notre culture moderne.

La prise d'acide affaiblit les reins. Manger une orange ou boire du jus d'orange aidera à neutraliser le « trip » s'il monte trop en puissance ou s'il dure trop longtemps. Si vous vous sentez sur le point de perdre la boule, ramenez-vous dans votre corps en faisant des exercices respiratoires et en tambourinant doucement sur votre poitrine (façon Tarzan, mais sans le cri – inutile d'ameuter les voisins dans l'état où vous êtes). « Bouclez la boucle », centrez-vous, et soyez prêt à affronter de sérieuses phases de désorientation dans les jours qui suivent.

Les champignons (notamment) la psilocybine, bien que « tolérés » dans pas mal d'endroits, n'en sont pas moins une puissante médecine. Ils peuvent occasionnellement entraîner la mort par arrêt du cœur.

Traitez-les avec respect. Ils sont les « donneurs de visions » et la médecine magique utilisés par les shamans. Si vous devez en ingérer, faites-le dans un but de récréation spirituelle, en plein jour et dans un environnement naturel. Contrecarrez leur effet néfaste sur le foie et les reins en jeûnant. Les massages et l'acupuncture sont également recommandés, comme pour tous les hallucinogènes.

Iahuasca (le vin de l'âme), les boutons de peyotl et la mescaline sont généralement utilisés à l'occasion de rituels religieux, notamment chez les Indiens d'Amérique. On les trouve rarement en vente dans la rue. Il existe cependant des dérivés synthétiques de la mescaline relativement faciles à se procurer. Comme l'acide, ils provoquent des visions. Ils peuvent causer des dommages sur la mémoire à long terme, des phases de dépression (en cas d'usage répété) et des douleurs articulaires dues à leur impact sur le système rénal.

La cocaïne est un analgésique. L'inhaler ou la fumer a pour effet de fermer le centre du cœur, ce qui peut vous rendre particulièrement irritable. Le centre du cœur est le canal de l'amour fraternel, aussi un usage prolongé de la cocaïne peut-il vous isoler, bouleverser votre vie sociale et votre carrière. Le risque d'accoutumance est très sérieux et, comme avec la nicotine ou l'alcool, difficile à surmonter. La dépendance est souvent accompagnée de mensonges proférés à l'intention de ceux qui nous aiment, ce qui a pour effet d'entamer votre intégrité et d'obscurcir vos prises de décision. Fumer la cocaïne sous la forme de crack fait de vous un dangereux zombie et ruine très rapidement vos chances de devenir un guerrier. S'il existe un démon sous la forme de poudre blanche, aucun doute, il s'agit de la cocaïne.

L'héroïne, comme la morphine et les autres opiacés, est un analgésique puissant qui a pour particularité d'attirer tout spécialement les individus créatifs et hypersensibles. La prise de cette drogue compromet gravement votre cheminement vers le statut de guerrier. Comme la cocaïne, les opiacés sont puissants et peuvent vous détruire plus rapidement que nécessaire. Bien que certains usagers arrivent à maintenir une contenance de guerrier en dosant leur consommation de manière à donner le change, l'aventure se termine la plupart du temps dans le drame et les larmes. Inversement, les ex-dépendants se réinventent souvent eux-mêmes et se révèlent capables d'accomplir de grandes choses. L'abstention est la seule façon de contrecarrer les effets néfastes des opiacés et de la cocaïne. Devant la difficulté du processus de sevrage, n'hésitez pas à consulter un guérisseur.

Les « speed », ou amphétamines, sont de véritables poisons. Ils vous aident à tenir le coup pour un jour et vous laissent sur le carreau le jour suivant. De plus, ils fatiguent le foie et entraînent de graves dépressions. Dans leur forme extrême, les cristaux, les speed sont des armes mortelles que vous utilisez contre vous. Un seul conseil : à éviter absolument.

Les sédatifs, tranquillisants et somnifères (souvent utilisés par les consommateurs de cocaïne et d'acide pour combler leur retard de sommeil) présentent un risque certain d'accoutumance. Leur usage doit se limiter à des situations extrêmes comme un drame émotionnel. Son usage prolongé entraîne une extrême fatigue du foie et affaiblit votre esprit animal.

L'alcool est un analgésique. Il abolit les inhibitions sociales et émotionnelles. Il peut aussi vous rendre stupide et violent. Son usage abusif et prolongé entraîne des fuites de chi, affaiblit les reins et le foie. Contrôlez votre consommation d'alcool en toutes circonstances si vous voulez demeurer un guerrier pleinement opérationnel.

La nicotine, l'agent actif contenu dans le tabac (plante sacrée) est un léger stimulateur d'adrénaline. Le rituel moderne de la cigarette est une façon de chasser le stress et l'anxiété, l'ennui et la solitude. Sa consommation affecte principalement le foie, les poumons et le cœur. Ses effets néfastes peuvent être atténués par la pratique régulière d'un sport (aérobic, marche, jogging, vélo) et par des exercices de relaxation/concentration (tai chi, yoga, etc.).

Le café (alcaloïde) est un stimulant relativement puissant. Il stimule les glandes médullosurrénales (qui produisent l'adrénaline) tout en les affaiblissant. Quand vous buvez du café, vous aurez de la difficulté à vous « laisser couler ». Évitez donc sa consommation avant la pratique d'exercices de relaxation/concentration. Le thé est un alcaloïde plus doux, un stimulant moins agressif pour les reins.

La consommation de stimulants a toujours fait partie de l'expérience humaine. Si vous êtes engagé dans un processus de sevrage par rapport à l'un de ces produits (ou plusieurs), ne vous concentrez pas sur le produit en question (ce qui ne ferait que le rappeler à votre esprit) ; appliquez-vous plutôt à développer des activités positives comme le tai chi, la méditation, le yoga, etc. Construisez du positif et le négatif disparaîtra de lui-même.

Quelle que soit la substance consommée, passez un contrat avec vous-même de manière à ne jamais descendre si bas que vous perdiez le contrôle de vos fonctions physiques (marcher, vous défendre et courir en cas de danger).

CULTES, GOUROUS

Faites preuve de prudence et de circonspection. N'oubliez jamais que vous portez en vous-même le chemin qui mène à la sagesse et à l'illumination.

S'il est exact que le déclic peut souvent venir d'autres personnes (maîtres, gourous), leur rôle est uniquement celui d'éveilleurs, de révélateurs. Elles ne peuvent vous offrir que ce qui est déjà en vous.

Personne n'est détenteur de la Vérité. S'il y a une question, vous portez la réponse en vous. Mais y a-t-il vraiment une question ? Et qui la pose ? Le Tao est porteur de la sagesse et de la connaissance. Le Tao est en vous.

Bien sûr, vous avez besoin d'être guidé par des êtres plus expérimentés que vous, vous devez savoir recevoir (n'oubliez pas de donner), mais le soutien que vous recevez ne doit servir qu'à développer et approfondir votre connaissance du Tao. L'authentique maître spirituel est là pour vous guider sur votre propre chemin et non pour vous « inventer » un cheminement qui ne vous correspond pas.

Tout individu qui tenterait de vous convaincre que le seul accès à l'illumination passe par lui-même est un faussaire. Ne vous laissez pas abuser par la mise en scène qu'il utilise pour capter l'attention de son public.

Approchez les maîtres spirituels avec un grand respect, prenez ce que chacun a à transmettre, encouragez l'éveil de votre être intérieur, mais ne déroulez jamais votre chemin sous les pas d'un autre, il vous appartient en propre.

Le vrai maître est celui qui a atteint la paix de l'esprit et qui vit en état de conscience éveillée, c'est-à-dire en union avec le Tao. Il est humble, modéré, réservé.

Si vous jurez fidélité à un prétendu gourou « de métier » qui se complaît dans les artifices et les mises en scène religieuses, vous abandonnez votre pouvoir de guerrier et votre cheminement personnel vers la connaissance. Ne faites jamais ça. Dans le cas où vous vous êtes malgré tout laissé entraîner dans une quelconque secte, réveillez-vous sans attendre, sortez de là en courant, sautez les barrières de sécurité et rejoignez la vraie vie de l'esprit.

Suivez votre propre Tao.

Répétez neuf fois de suite : « Je suis mon propre chemin. Je suis libre de faire ce que j'ai choisi de faire. »

Et maintenant dites : « Je ne répéterai plus aveuglément ce qu'un autre m'a dit de répéter. » (!!!)

SORTIR DU SYSTÈME

Même s'il paraît solide et fermement établi, sachez que le système n'existe pas.

Des millions et des millions de gens se rassemblent cinq jours par semaine pour se livrer à leurs activités habituelles, selon une procédure établie à l'avance, procédure qui est susceptible d'évoluer selon les changements et évolutions en cours, mais qui de toute façon ne peut mener qu'à polluer toujours davantage la terre et les mers.

Dans la logique de ce consensus de groupe, tous les jours, matin et soir, de gigantesques embouteillages paralysent les villes. Partout dans le monde les gens croient au pouvoir de l'argent. Une minorité dirige, une majorité obéit. Cette situation vient du fait que l'individu n'utilise pas son imagination ou l'utilise de manière inefficace.

En tant que guerrier, vous avez la liberté de choisir votre propre chemin. Si vous n'êtes pas exclusivement attaché aux possessions matérielles (maison, voiture, etc.), vous serez libre d'exercer votre choix quel que soit le régime en place. En d'autres termes, ce n'est pas parce que tout le monde fait la même chose que vous devez suivre le mouvement. La plupart des gens vivent leur vie de la même façon, se jettent matin et soir au volant de leur voiture sur les autoroutes embouteillées. C'est un fait. Mais ça ne veut pas dire que ce soit bon pour vous. À vrai dire, si l'on considère l'immense gâchis que cette majorité a contribué à répandre à la surface de la terre, dans les mers et dans l'espace, il est peut-être judicieux de faire exactement le contraire. Le bon chemin, c'est le vôtre, surtout s'il s'écarte du consensus général.

Il n'est pas question de prôner l'anarchie ou le chaos, mais de dire simplement que si vous vivez en harmonie avec votre être profond, centré sur votre noyau impérissable, vous suivrez votre chemin personnel (Tao) et pas nécessairement le chemin suivi par la majorité.

Vous êtes un individu, littéralement « qui n'est pas divisé ». Ce qui veut dire que, pour être vrai et vivre une vie vraie, vous devez être concentré sur un seul chemin, sur un seul point. Lorsque vous êtes ainsi centré, vous vous rendez compte qu'il n'y a pas de système, simplement une foule de gens qui jouent dans la cour de récréation. Il n'y a pas de système dont il faudrait sortir ou contre lequel il faudrait se rebeller. Choisissez simplement la façon dont vous avez envie de jouer.

Un guerrier est toujours libre. Ce précepte est valable partout. Si vous vivez dans un pays totalitaire, vous devez vous montrer plus discret et plus prudent. Rien ne peut vous empêcher d'être libre.

Pour vous aider à voir au-delà de l'illusion du système, faites la méditation « sens dessus dessous ».

Vous avez toujours pensé que le ciel était en haut et la terre en bas. Mais ceci reposait sur une théorie à présent dépassée. L'idée à présent en vigueur est celle-ci : nous sommes sur un globe, il est seulement possible de dire que, selon l'endroit où vous vous trouvez, le ciel est plus éloigné du centre de la terre, et que le sol en est plus rapproché. Ceci étant, il est parfaitement acceptable de remplacer le non-sens « ciel en haut et sol en bas » par son non-sens opposé « sol en haut terre en bas ».

Exactement comme une chauve-souris pendue « sens dessus dessous », vous imaginez que le sol auquel vous êtes accroché est en haut, et que le ciel au-dessus duquel pend votre tête est en bas. Levez les yeux vers le sol, puis baissez les yeux vers le ciel. Les cimes des arbres descendent vers le ciel. Les oiseaux volent sur le sol.

Pratiquez cette méditation en position couchée, assise ou debout et sortez faire un tour. Cette visualisation est puissante et peut vous faire vomir si vous avez l'estomac plein. Elle vous permet de voir au-delà des illusions du système et, surtout, de maîtriser la contemplation « sens dessus dessous ». Celle-ci est très efficace dans des situations de stress où l'illusion du système est particulièrement redoutable (un procès, une convocation dans les locaux de la police, etc.). Quelques minutes de « sens dessus dessous » vous aideront à concentrer votre esprit et votre chi.

SYSTÈME D'ENTRAIDE – TRIBU UNIVERSELLE

Un guerrier ne peut vivre dans l'isolement.

Il est temps de sortir de l'isolement et de rejoindre les autres membres de la tribu universelle, d'accepter votre interdépendance, de faire bourse commune et de continuer le chemin, où qu'il aille.

Un seul problème : vous savez qu'un certain nombre de vos « frères » et « sœurs » vous taperont sur le système de temps à autre ou se mettront en travers de votre chemin.

Vous travaillez alors sur vous-même pour trouver votre centre et vos points de référence, vous prenez votre courage à deux mains et sortez jouer dans la cour, surmontant habilement les obstacles au fur et à mesure qu'ils se présentent. Vous faites cet effort car, étant un guerrier, vous savez que vous ne pouvez pas vivre dans l'isolement, à moins d'être un ermite là-haut reclus sur sa montagne. Vous devez donc apprendre à vivre dans une saine interdépendance avec tous les autres habitants de la planète. Et pour cela, mettre votre confiance en chacun pour qu'il joue son rôle de la meilleure façon possible.

La confiance est en vous. C'est alors que vous commencez à voir la perfection en chaque individu que vous rencontrez. La perfection, dans le sens où chacun joue son rôle à la perfection. Et quand bien même tel ou tel aurait pour rôle de vous taper sur le système ou de se mettre en travers de votre chemin.

Une fois que vous voyez la perfection en chacun, vous attirez vers vous (selon la loi immuable des affinités) ceux dont la perfection correspond à vos aspirations ou désirs du moment.

Regardez ensuite autour de vous avec des yeux neufs. Vous remarquerez des personnes dans votre périmètre immédiat qui sont prêtes à s'engager avec vous dans une relation d'entraide. Peut-être ont-ils un lien de sang avec vous. Peut-être pas. Ce qui est certain, c'est qu'ils appartiennent à votre famille de guerriers. Traitez-les bien et ils en feront autant pour vous. N'attendez rien d'eux et vous ne serez jamais déçu.

SURFER SUR LES AUTRES

Vous n'avez pas l'obligation de vous investir dans la vie de qui que ce soit.

Ils sont nombreux ceux qui essaieront par toutes sortes de moyens (suggestion mentale, manipulation émotionnelle) de vous prendre dans leurs filets.

Vous êtes libre de faire ce que vous voulez de votre temps à l'intérieur de la sphère de votre réalité.

Bien que vous aimiez fondamentalement avec la compassion d'un bouddha tout être qui vient graviter dans votre orbite, vous devez éviter de vous attacher à l'histoire personnelle de tel ou tel. Vous êtes un individu doté d'une histoire individuelle. Vous êtes libre de partager cette histoire avec une autre personne, mais cette histoire n'en demeure pas moins la vôtre. De même, les autres peuvent partager leur histoire avec vous sans perdre de vue que cette histoire leur appartient en propre. Ce libre échange permet une libre circulation d'énergie/amour basée sur un moi authentique et sur un moi idéal.

En d'autres termes, vous êtes libre de surfer sur les autres. Vous respectez ce qu'ils sont, vous échangez volontiers avec eux le tiercé chi/amour/information, et quand vous estimez devoir continuer votre chemin, vous le faites sans arrière-pensée, avec tact et générosité. Inutile de rompre les liens qui vous ont permis d'établir un contact, ils vous donnent la liberté de reprendre l'échange plus tard si vous le désirez. Il s'agit de surfer sur les autres, pas de les écraser au rouleau compresseur.

LE TRAVAIL DE VOTRE VIE

Quelle que soit votre occupation professionnelle, le travail de votre vie, c'est de vous guérir.

Se guérir, c'est être pleinement fonctionnel et complètement interactif, multimédia, polydimensionnel, exprimer l'unicité essentielle de votre être émise par votre noyau impérissable, pour le plaisir de tous et dans un esprit de communion fraternelle.

En devenant entièrement ce que vous êtes au plus profond de vous-même, vous êtes un exemple pour les autres. Vous leur montrez la voie juste. En vous guérissant vous-même, vous guérissez les autres. Vous apportez au monde un cadeau unique : vous, c'est-à-dire votre amour, votre sagesse, votre chi, votre magie.

Quel que soit votre secteur professionnel, le commerce, la finance, la mécanique auto, le cirque, votre vrai travail se situe au-delà des apparences sociales. Il consiste à vous guérir et à guérir les autres : par l'amour, l'apport d'énergie, la sagesse, etc. Il n'est pas nécessaire d'ouvrir une officine de guérisseur pour dispenser vos talents. Vous pouvez le faire tout en conduisant un taxi, par exemple, simplement en irradiant une atmosphère personnelle positive.

LES GRAFFITIS

Écrire sur les murs.

Les pièces magnifiques qui ornent nos trains de banlieue, nos édifices, nos ponts, nos murs d'enceinte sont sans doute les déclarations artistiques les plus poignantes de ce temps. Offertes gratuitement, et à leurs propres risques, par des artistes anonymes, elles personnalisent notre paysage urbain. Cette forme d'« écriture » exprime dans un langage universel l'urgente nécessité de reconnaître et d'honorer l'individu, c'est-à-dire l'esprit indivisible qui est en chacun de nous. Le tag, qui marque l'identité d'un artiste particulier (ou d'un groupe), figure l'alter ego, ou le moi supérieur.

Les graffitis étant interdits dans pratiquement toutes les villes, je n'encourage personne à pratiquer cette forme d'art. Si toutefois vous êtes engagé dans cette voie et que vous êtes accro aux montées d'adrénaline qu'elle provoque, prenez soin de bien choisir votre surface (loin des fenêtres du commissariat de police), évitez les propriétés privées, et efforcez-vous de projeter une intention positive à l'égard des autres. Cette attitude aura pour effet d'appeler l'énergie positive à vous et d'augmenter votre crédit de pouvoirs spirituels ; par conséquent de vous protéger pendant que vous travaillez.

Utilisez votre bouclier psychique et portez sur vous la carte professionnelle d'un bon avocat. Bien qu'il n'y ait pas de substitut à la pureté de cet authentique art de rue (ni à ses montées d'adrénaline), vous pouvez malgré tout continuer à progresser sur votre chemin créatif en vous essayant à la peinture sur toile.

LA CARRIÈRE – LES CINQ QUALITÉS

Les cinq qualités : une magnifique carrière à saisir pour ceux qui n'ont rien de mieux à faire.

Traditionnellement, le guerrier taoïste aspire à devenir un maître des cinq qualités, qui sont : les arts d'autodéfense, l'art de la guérison, la méditation ou les actes de magie, la musique ou le chant, la poésie ou la calligraphie.

Le guerrier qui maîtrise ces arts aura une existence pleine et équilibrée. Il trouvera toujours le moyen d'assurer sa subsistance et d'avoir une vie sociale riche, quelles que soient les circonstances.

En d'autres termes, apprenez un art martial (tai chi, xing yi, pakua sont fortement recommandés) pour assurer votre autodéfense, développer vos qualités de vigilance, de contrôle du chi, pour garder la ligne et rester en bonne santé.

Apprenez un art de guérison, tel que l'acuponcture, le massage, le transfert de chi, pour prendre soin de ceux qui vous entourent. Apprenez la méditation pour obtenir la paix intérieure et la clarté, pour opérer des actes magiques qui donneront forme à de nouveaux mondes. Apprenez à jouer d'un instrument, à chanter, danser, faire l'acteur, jongler ou raconter des histoires, bref tout art visuel qui vous permettra de distraire la compagnie et d'entretenir le moral des troupes.

De cette façon, vous aurez toujours quelque chose à offrir aux autres, toujours un toit au-dessus de votre tête et un bol de soupe sur la table et, qui sait, peut-être deviendrez-vous une star (ou un docteur aux pieds nus).

GUÉRISON

Êtes-vous guéri ?

On ne va pas chez un guérisseur comme chez l'épicier du coin, prendre ce que l'on veut (la guérison) et puis repartir. La guérison, c'est-à-dire l'accès à la plénitude, est un processus dont l'aboutissement est de vous faire devenir vous-même. Le travail du guérisseur consiste à trouver un point d'ancrage, pour que votre esprit cesse de papillonner, et à vous donner la sensation d'habiter pleinement votre corps.

Quand vous habitez pleinement votre corps, il n'y a plus de place pour la maladie. À chaque fois que vous expérimentez ce point d'ancrage, vous devenez un peu plus vous-même. Vous devenez pleinement vous-même à chaque fois que vous expérimentez la réalité de vos trois tantiens et de votre corps spirituel. Parvenu à ce point, votre conscience est concentrée dans le tantien supérieur, la caverne de l'esprit originel dans le centre de votre cerveau. De là, en dirigeant votre chi dans la direction souhaitée, vous êtes en mesure de calmer vos douleurs, de guérir vos maux. Car c'est le chi qui vous guérit, c'est ce « matériau » que le guérisseur manipule lorsqu'il exécute des soins. Le chi est la médecine magique que vous libérez avec l'esprit et qui a le pouvoir de ressouder un os brisé ou de chasser le cancer de vos cellules.

La façon la plus efficace de manipuler le chi est par l'acuponcture et le transfert de chi manuel, disciplines pratiquées par les guérisseurs taoïstes. Bien que toute l'attention soit portée à l'éradication des symptômes, ce n'est pas le mal lui-même qui est traité mais le noyau du patient. Car quel que soit le mal qui l'affecte, celui-ci est l'expression d'une altération du noyau, qui entraîne un blocage dans la circulation du chi. Quand un contact conscient est rétabli avec le noyau, l'altération provoquant la nuisance s'évanouit. Le chi se remet à circuler librement et les symptômes disparaissent à leur tour.

Visualisez l'élixir de vie sous la forme d'un fluide doré circulant dans votre cerveau, emplissant chaque cellule, s'écoulant dans votre cou, votre poitrine, votre abdomen, circulant dans vos organes vitaux, dans vos hanches, dans vos organes génitaux, dans vos jambes, dans vos pieds, dans vos bras, dans vos mains. Cet élixir de vie qui inonde chaque cellule de votre corps fait de vous un être neuf éclatant de santé.

DÉMENCE

L'araignée au plafond.

C'est un peu comme si vous aviez perdu le contrôle de votre ordinateur. Quelle que soit la touche que vous pressez, votre disque dur vous envoie des informations au hasard, sans la moindre logique.

La démence rampe sous la surface de l'apparente stabilité de votre conscience, tapie dans les ténèbres, prête à vous rappeler sa présence à chaque fois que vous fuyez l'instant présent.

Alors que vous étiez enfant, trop jeune pour avoir pu vous bâtir une structure psychique ferme et stable, vous avez peut-être été contraint de fuir le présent en raison d'une douleur qu'on vous infligeait de façon répétitive. Dans ce cas, vous aurez sans doute une propension à flirter avec la démence de temps à autre.

Cela dit, le monde dans lequel nous vivons est lui-même complètement dément, chaque habitant de cette planète plus ou moins caractériel, alors qui a le droit de dire qui est fou et qui ne l'est pas ? La folie est un voyage spirituel dans les royaumes du chaos et, à ce titre, quiconque s'y aventure mérite d'être traité avec le respect dû aux explorateurs. Ce qui ne veut pas dire qu'il faut confondre respect et stupidité et accueillir chez vous n'importe quel fou dangereux.

Le seul critère valable pour juger la démence, c'est lorsqu'un individu abandonne tout repère social et devient une menace pour les autres. Aussi longtemps que vous conservez vos repères sociaux et que vous continuez d'entretenir un dialogue avec le monde extérieur, vous pouvez être aussi fou que vous en avez envie, on vous le pardonnera. Mais prenez garde, dès que vous franchirez les limites, que vous commencerez à hurler des insanités en donnant des coups de pied dans les voitures garées en bas de chez vous, les types en blouse blanche arriveront pour vous passer la camisole de force. Vous vous retrouverez sous perfusion à l'Equanil, les lèvres craquelées, les yeux et l'esprit perdus dans un brouillard opaque.

Si vous sentez qu'une crise de démence est sur le point de se déclarer, allez voir un guérisseur. Il vous aidera à vous remettre d'aplomb.

La pratique régulière des méditations et des contemplations exposées dans ce Guide vous permettra de consolider votre structure psychique. Vous serez alors capable de repousser toute attaque des monstres et démons tapis dans l'ombre.

LA VIOLENCE

Violer l'espace d'un autre être vivant, physiquement, émotionnellement et psychiquement, est un symptôme de démence, à moins qu'il ne s'agisse d'un acte d'autodéfense, auquel cas efforcez-vous d'infliger le minimum de dommages possible pour neutraliser votre agresseur.

Si vous avez le dessus sur votre agresseur, n'en rajoutez pas dans l'humiliation que vous lui infligez et ne faites pas tout un plat de votre victoire. Si c'est lui qui a le dessus, faites ce que vous pouvez pour limiter les dégâts sur votre personne et ne faites pas tout un plat de votre défaite.

La violence, qu'elle implique seulement deux individus (agression classique, viol, etc.) ou un groupe plus ou moins important (guerre de gangs, guerre mondiale), cause d'énormes et désastreuses déformations dans les champs énergétiques des individus impliqués, aussi bien du côté des agresseurs que du côté des victimes, sans parler de ceux des familles et des proches. Ces distorsions s'étendent exponentiellement vers l'extérieur, affectant tout être vivant sur cette planète.

Si vous souhaitez vivre en paix avec vous-même, laissez les autres en paix. Faites votre possible pour empêcher ou réduire la violence, et évitez de la

provoquer, que ce soit physiquement, émotionnellement ou psychiquement. Quand vous êtes en contact
avec votre vraie nature – essentiellement constituée
d'amour divin – chaque douleur infligée à un autre
être vivant, quand bien même il s'agirait d'écraser
un moustique, sera prolongée d'une profonde
réflexion et de prières à l'adresse de l'ennemi vaincu.
Prendre la vie d'une autre personne, sauf cas
extrême d'autodéfense, doit être totalement hors de
question.

*Inspirez et expirez au travers d'une ouverture
imaginaire située au centre de votre poitrine, et ressentez la paix dans votre cœur. Visualisez cette paix
qui rayonne de votre poitrine sous la forme d'une
fine vapeur colorée, s'étend sur la surface de la terre
et neutralise toute impulsion de violence.*

Faites cette méditation à chaque fois que le déses-
poir vous gagne quand vous songez à la violence qui
sévit dans le monde.

GÉNÉROSITÉ

Apprenez à donner et recevez en donnant.

La générosité est l'art de générer de la nouveauté
dans votre vie, en donnant inconditionnellement à
ceux que vous rencontrez et qui sont momentanément dans la difficulté de l'amour, du chi, du temps,
de l'espace, de l'argent, de la nourriture comme s'il
en pleuvait.

Jouer ce rôle de bienfaiteur demande avant tout que vous ayez le courage de croire que ce qui est demandé à un moment précis est disponible sans limitation de quantité, et que ce que vous donnez vous sera rendu au centuple.

Donnez aux autres ce qui leur est nécessaire et les autres vous donneront ce qui vous est nécessaire. Quelqu'un a besoin de cinq francs pour se payer un café, vous lui donnez cinq francs. Vous avez besoin de trois cent mille francs pour mener à bien un projet, quelqu'un vous donne trois cent mille francs. Tout s'enchaîne. Tout est lié et interdépendant. Sachez donner avec le cœur et le Tao sera généreux avec vous. Et comme le Tao est riche à un point que vous ne pouvez même pas soupçonner, vous serez toujours gagnant.

Toute chose, de la substance la plus spirituelle à l'objet le plus concret, a son origine dans le Tao. Le Tao est inépuisable. Plus vous donnez, plus il crée.

Être un bienfaiteur implique aussi de savoir recevoir afin que le courant circule librement et ne souffre pas de blocage. Générosité et réceptivité vont de pair. Si le centre du cœur est ouvert, l'une et l'autre s'écoulent librement.

Visualisez une ouverture au milieu de votre poitrine, à travers laquelle vous inspirez et expirez. Chaque inspiration vous apporte l'essence de l'abondance (tout ce dont vous avez besoin) dans votre vie. Chaque expiration envoie l'essence de l'abondance à ceux qui sont dans le besoin.

Et dites : « Je vis dans un monde d'abondance. Tout ce qui est nécessaire au moment présent est disponible en abondance. Plus je donne, plus il y a à donner. »

L'ARGENT

L'argent pousse dans les arbres.

L'argent est simplement une forme d'énergie/chi. Une unité monétaire est égale à une unité de chi. Il n'y a rien de fondamentalement bon ou mauvais à propos de l'argent. Ce n'est qu'une unité de mesure.

On parle du cours d'une monnaie, de la circulation de l'argent. L'argent est comme l'eau. Il s'écoule à travers le monde comme le chi s'écoule à travers votre corps. Les parties de votre corps qui sont le plus détendues, c'est-à-dire réceptives, attirent le chi, alors que les parties qui sont crispées bloquent le chi et empêchent sa libre circulation.

Tout comme la circulation du chi peut être équilibrée et orientée au moyen de l'intention, la circulation de l'argent dans votre vie et dans le monde peut être pareillement équilibrée et orientée par l'intention. (Les spéculateurs qui sévissent sur les marchés financiers ne font pas autre chose.) L'argent n'est pas mauvais en soi. Il n'est pas la racine de tous les maux, comme on le prétend souvent. Il n'a pas de valeur intrinsèque. C'est un mythe. Ce n'est qu'une unité de mesure que nous utilisons chaque jour pour opérer des échanges d'énergie entre les individus.

La racine de tous les maux, c'est la cupidité.

La cupidité, c'est la peur. Peur d'une carence d'énergie/chi. Peur que cette énergie n'existe en quantité limitée et ne finisse par s'épuiser à force de la dispenser. Prolongement de cette logique erronée : si vous devez gagner quelque chose, quelqu'un doit le perdre. La réalité est autre. Plus vous utilisez

196

d'énergie/chi et plus vous en produisez. Plus vous possédez d'argent, plus il en circulera.

L'énergie/chi est une force spirituelle. L'argent, comme symbole de chi, par extension, est également une force spirituelle. La force spirituelle est à la base de l'élan vital, elle est positive, elle est bonne. Donc l'argent est positif. Donc l'argent est fondamentalement bon.

Plus vous générez et faites circuler de force spirituelle (argent/richesse), plus vous répandez le bien autour de vous. Évidemment, cela s'applique seulement à l'argent généré par des moyens vertueux et non pas acquis de façon malhonnête en volant ou escroquant une autre personne.

Dépensez votre argent mais ne le jetez pas par les fenêtres. Contrôlez sa circulation tout comme vous contrôlez la circulation de votre chi. Dépensez-le avec une intention concentrée sur les choses dont vous avez besoin.

Chaque fois que vous dépensez un franc, dites :
« Chaque franc que je dépense me revient multiplié par neuf. »

Pratiquez la visualisation qui suit une fois par semaine et vous ne serez jamais à court d'argent. Elle a pour nom « l'arbre à billets ».

Imaginez que vous êtes assis sous un arbre magnifique, appuyé contre son large tronc. Vous levez les yeux et constatez que chaque feuille de son abondant feuillage est un billet de banque. Il n'y a que des grosses coupures, deux cents et cinq cents francs. Un léger vent se lève et les billets commencent à tomber sur le sol tout autour de vous. Des centaines, des milliers. Et aussitôt qu'un billet se détache de sa branche, un autre apparaît à sa place. Quand le sol est recouvert de suffisamment d'argent pour combler tous vos besoins (quels qu'ils soient), regroupez les billets et remplissez vos poches. Remerciez l'arbre à billets et retournez à vos occupations. Sachez que vous pouvez revenir aussi souvent que vous en avez envie.

POSSESSIONS

En réalité, vous ne possédez rien, pas même votre corps. Tout ce que vous avez vous est prêté. N'utilisez pas votre chi pour vous accrocher à vos possessions. Le Tao donne et le Tao reprend. Acceptez cela.

Les possessions accumulées au-delà de vos besoins affaiblissent votre chi. Il est néfaste d'amasser inutilement des biens matériels.

Voyagez léger, comme le vrai guerrier, et soyez prêt à abandonner librement vos biens en un clin d'œil si la situation l'exige, par exemple lors d'un tremblement de terre, d'un incendie, d'un glissement de terrain, d'une attaque à main armée, ou tout simplement au moment de votre mort.

Cela dit, appréciez ce que vous possédez et prenez-en soin du mieux que vous le pouvez, ainsi lorsque le temps sera venu de les transmettre à quelqu'un d'autre, vos biens seront chargés de chi positif.

Visualisez toutes vos possessions, vos biens mobi-liers, vos yachts, vos bijoux, votre vaisselle, votre garde-robe, etc., et baignez-les d'une lumière bleu-tée que vous émettez à partir de votre caverne de l'esprit originel située au centre de votre cerveau. Voyez-les luire sous l'effet de cette lumière comme s'ils avaient une vie propre. Cela aidera à empêcher votre chi de s'affaiblir, à vous débarrasser des choses dont vous n'avez plus besoin, à magnétiser vos plus récentes acquisitions.

RISQUE

Soyez toujours disposé à tout risquer, allez de l'avant.

Lorsque vous prenez des risques en suivant les élans spontanés de votre cœur, même si vos actions sont contestées par certains, le Tao vous approuvera. La nouveauté ne peut surgir devant vous que si vous savez prendre des risques. Ce qui ne veut pas dire que vous deviez risquer votre vie ou celle d'autres personnes en vous montrant impétueux.

Répétez trois fois de suite : « Je suis disposé à prendre des risques afin d'alimenter l'histoire de ma vie. »

LA VERTU

Pour être un guerrier d'excellence, vous devez être vertueux. La vertu n'est pas inaccessible.

Être vertueux signifie tout simplement mettre en valeur votre moi authentique dans toute situation où vous vous trouvez. Ce n'est pas un état permanent que l'on atteint et que l'on garde, mais une disposition d'esprit face à une circonstance précise. Vous êtes vertueux puis vous ne l'êtes plus, vous vous couchez puis vous levez, vous marchez puis vous vous arrêtez.

Pour accéder à votre état vertueux, centrez-vous bien dans votre corps et connectez-vous à votre noyau impérissable. De cette façon, votre vraie nature (spirituelle) prendra le contrôle de vos pensées, de vos paroles, de vos actes. Tout ce que vous ferez alors sera empreint de vertu (la vertu n'a rien à voir avec la morale).

LES CONTRATS

Ne formulez pas une menace ou une promesse que vous n'êtes pas à même de tenir.

Tenez-vous aux promesses que vous faites. Ne parlez pas à la légère.

Évitez de passer un contrat avec quelqu'un si vous n'êtes pas sûr de l'honorer. Cela s'applique à toute forme de contrat, formel ou informel, qu'il s'agisse de signer un contrat de mariage ou d'être à l'heure à un rendez-vous que vous avez donné à un ami. Ne vous sentez pas obligé de passer un contrat si vous êtes incertain quant à son issue, il est préférable de prendre un temps pour la réflexion.

Vous avez bien sûr la possibilité de changer d'avis quand bien même un contrat est passé. Assurez-vous dans ce cas que vous informez toutes les personnes engagées dans l'affaire, renégociez, et acceptez la pleine responsabilité pour les conséquences qui pourraient s'ensuivre.

Chaque fois que vous ne respectez pas un contrat (aussi insignifiant puisse-t-il vous sembler), vous affaiblissez votre lien avec la grande machinerie universelle, ce qui entraîne des blocages dans le courant d'énergie/chi circulant entre vous et le reste du monde. Vos possibilités de manifester vos intentions s'en trouvent considérablement diminuées.

Lorsque cela se produit, et c'est inévitable de temps en temps (l'erreur est humaine), ne vous jugez pas durement, observez simplement la situation et prenez la résolution de tenir vos promesses à l'avenir. Additionnellement, « bouclez la boucle » dans le but de rééquilibrer votre relation avec l'univers.

LES MANIÈRES

Soyez toujours poli, respectez toute vie comme si c'était la vôtre.

Il existe un protocole naturel/Tao pour toute circonstance, qui peut être clairement discerné seulement si votre esprit est en état de réceptivité. Il trouvera alors de lui-même (intuitivement) la bonne façon de procéder.

Approchez tout individu que vous rencontrez comme s'il s'agissait d'une personne de votre famille. Cela ne veut pas dire que vous deviez l'approuver ou même l'aimer. Vous le traitez simplement avec respect et bienveillance, et cela quelle que soit son apparence ou son attitude.

Tous ceux que vous rencontrez ont un message ou un cadeau pour vous. Traitez-les comme s'ils étaient un gourou venu vous apporter un message important vous concernant.

Ayez soin d'établir un contact visuel. Les yeux établissent un lien entre les esprits, lequel permet au respect mutuel de circuler librement entre les personnes. Soyez cependant vigilant de ne pas vous faire prendre dans les filets de quelqu'un cherchant à vous manipuler pour profiter de vous (suggestion par le regard).

Les bagarres démarrent souvent quand une personne sent qu'elle n'a pas été vue, donc pas respectée par une autre. Il suffit parfois d'une seconde pour qu'une situation dérape. Restez donc attentif à ce qui se passe autour de vous. Laissez les autres s'exprimer librement, donnez-leur même raison quand vous estimez que c'est essentiel pour eux. Ne perdez jamais votre sang-froid. Restez poli en toutes circonstances.

COUPLES

Il est tout à fait possible d'être à la fois un guerrier exemplaire et un amant (amante) modèle ou un époux (épouse) modèle. Pour que votre couple dure, vous devez cependant accéder au statut de maître.

Dans une situation de couple, si vous voulez rester sincère avec vous-même en tant que guerrier (avec tout ce que cela implique), il faut que vous et votre partenaire soyez tous deux des maîtres illuminés.

Comme c'est rarement le cas, la plupart des couples finissent par sombrer dans un océan de larmes. Trop souvent, les gens se mettent en couple sans avoir conscience de ce qu'ils font, simplement pour se contempler eux-mêmes dans les yeux de l'autre, plutôt que de chercher à se transformer mutuellement, à se découvrir eux-mêmes et se développer spirituellement. Ce processus de découverte de soi (et de l'autre), de transformation de soi (et de l'autre) ne se passe pas toujours sans heurts et sans douleur. On se met trop souvent en couple pour fuir un tourment intérieur, sans se rendre compte qu'on se précipite vers un autre tourment.

Après les trois premiers mois de « grâce », quand les vieux démons commencent à faire surface et que la distance s'installe entre votre partenaire et vous, vous devrez inévitablement faire appel à toute la diplomatie dont vous disposez pour négocier et éviter le conflit frontal. Lors des frictions qui ne manqueront pas de s'ensuivre (états d'agitation et de fébrilité, fantasme de fuite et peur de l'abandon), vous trouverez matière à apprendre et à vous fortifier.

L'amour véritable peut croître dans tout ce tumulte, et montrer le bout de son nez entre les phases de mécontentement et de frustration. Après tout, reconnaissez que les moments d'orage vous font encore mieux apprécier le rayon de soleil qui pointe une fois que le ciel s'est éclairci.

LES ENFANTS

C'est dans un état de pureté et de perfection que les enfants viennent à nous depuis le grand absolu indifférencié. Comme à peu près tout sur cette planète, nous les sabotons.

Si ce n'est pas la mère, c'est le père, la baby-sitter, les professeurs, les médias, etc. Le sabotage semble être une constante de la condition humaine. Mais ces distorsions venues des tourments de notre enfance, ce sont justement elles qui nous donnent cette couleur particulière qui nous rend intéressants aux yeux des autres.

Chaque enfant qui vient au monde nous arrive en état de complétude, porteur du schéma universel. Nous avons tout à apprendre de lui.

Maltraiter un enfant intentionnellement, que ce soit physiquement, émotionnellement ou psychiquement est un crime contre l'univers tout entier. Pour cela, vous courez le risque d'être réincarné en chauve-souris ou en cafard.

À l'opposé, sauver un enfant de la maltraitance, c'est rendre à l'univers le plus grand des services. Vous serez récompensé en chevauchant les dragons d'or sur les vents des sphères célestes pour autant d'éternités que vous le souhaitez.

Tout enfant qui vient au monde arrive avec une chance de totale rédemption pour l'ensemble de l'humanité. Faites tout ce que vous pouvez pour protéger, nourrir et préserver l'éclosion de chaque vie nouvelle.

PRENDRE POSITION

Prenez position quand vraiment vous devez le faire, et pas une seconde avant.

Les gens font souvent pression sur vous pour que vous preniez une position à propos de ceci ou cela. Ne vous laissez pas influencer, à moins que vous n'ayez vraiment pas le choix. Rappelez-vous que les opinions ne sont que des points de vue, des nuages qui passent et dont le moindre coup de vent peut changer la forme. Respectez-les pour ce qu'elles sont, respectez ceux qui les émettent. Mais ne prenez pas tout ça trop au sérieux.

À vrai dire, ne prenez rien trop au sérieux. Ne perdez jamais votre sens de l'humour. Il est l'un des meilleurs atouts du guerrier qui se trouve face à un défi, une protection contre les rigueurs passagères de la vie.

En ce moment même, alors que vous lisez ces lignes, le Tao au complet, les dieux, les déesses, les anges et tous les êtres spirituels sont en train de vous regarder et de rigoler à s'en faire exploser les chakras. Le Tao est risible, le Tao est rieur.

Le Tao est capable de rire parce qu'il voit tout et qu'il est partout à la fois, parce qu'il n'adopte pas une position fixe. Soyez comme le Tao. Soyez flexible. Soyez fluide.

Gardez l'esprit ouvert à toutes les possibilités jusqu'à ne plus avoir d'autre choix que de faire un choix. À ce moment-là, vous saurez exactement quoi faire. En attendant, riez.

LE CHANGEMENT

Tout est en perpétuelle mutation. Rien n'est permanent.

Le changement, c'est le mouvement. Suivez le mouvement, ne lui résistez pas. Tel un monstre furieux rapide comme l'éclair, il galope à travers l'inconnu en vous portant sur son dos. Attrapez sa crinière à deux mains et restez en selle.

De toute manière, vous ne pouvez pas descendre, il va trop vite. Il est incapable de s'arrêter parce qu'il ne connaît rien d'autre que le mouvement constant.

Bien que sa course soit cyclique, vous croyez ne jamais repasser deux fois au même endroit. L'histoire de votre vie continue de se dérouler et il n'y a rien que vous puissiez faire sinon justement laisser faire. Abandonnez-vous à cette folle chevauchée. Dites-vous que tout est pour le mieux.

Tout changement est bon, tout changement est bon, tout changement est bon, tout changement est bon, tout changement est bon, tout changement est bon.

GESTION DU TEMPS

Le temps est sans fin.

Bien qu'il passe à la vitesse de soixante minutes à l'heure, le temps est sans fin. Cela dit, si vous avez un tas de choses à faire, il est préférable de vous organiser. Divisez les heures de la journée en autant de tronçons que de choses à faire, chaque segment étant bien sûr découpé en fonction de l'assignation que vous lui donnez.

Le temps est relatif. Il s'écoule plus ou moins vite selon l'intérêt que vous portez à l'occupation du moment. Il est donc parfaitement possible d'étirer le temps de façon à faire le plus de choses possible.

À l'inverse, vous pouvez le rétrécir quand vous vous ennuyez, par exemple pendant un cours barbant ou lors d'un vol long-courrier. Il est cependant recommandé de ne pas trop le rétrécir. Il s'agit du temps de votre vie, gardez-vous de le précipiter excessivement.

Munissez d'un bon agenda et entretenez des relations amicales avec lui. Soyez discipliné et appliquez-vous à consacrer à chaque activité une portion de temps qui soit réaliste. Soyez ferme avec vous-même quant au respect de vos engagements, mais restez suffisamment flexible mentalement pour laisser une place à l'imprévu.

Soyez ponctuel. Le retard est une perte de temps, pour vous et pour les autres.

TRANSFORMATION DES POLLUANTS

Embrassez les ordures.

Si vous basez votre foi sur la théorie selon laquelle tout ce qui existe a sa raison d'être et que tout est pour le mieux, alors l'énorme masse puante et insidieuse de pollution qui infeste l'air que vous respirez, la terre sur laquelle vous marchez, l'eau que vous buvez, la nourriture que vous avalez est certainement là pour vous aider à muter sur le chemin que l'évolution a tracé pour vous.

N'essayez pas de résister à la pollution, accueillez-la comme un catalyseur du changement. Transformez-la en chi en utilisant le pouvoir de votre intention. Faites confiance à votre chi pour assurer votre protection, et continuez votre chemin.

S'il devait s'avérer que vous avez eu tort de croire en cela, tant pis, au moins vous n'aurez pas passé des années et des années à vous promener avec un masque de chirurgien sur le nez et la bouche en vous estimant la victime d'un complot mondial visant à détruire votre environnement.

Répétez : « J'ai le pouvoir de transformer tout le poison qui m'entoure en chi positif. » Répétez cette affirmation pas moins de soixante-trois fois, de manière qu'elle pénètre profondément en vous.

POLLUTION MÉDIATIQUE

Tout ce que vous voyez à la télévision, dans les films, sur le net, tout ce que vous entendez à la radio, tout ce que vous lisez dans les journaux, les magazines et les livres (y compris ce Guide) est l'idée d'un autre.

Comme pour toutes les idées, une petite proportion parmi les millions d'informations reçues peut vous être utile. Une petite quantité seulement.

La majeure partie est bonne à jeter à la poubelle.

Les nouvelles que vous voyez à la télévision ne représentent qu'une version des événements. Cette version a subi l'influence d'une quantité de facteurs, y compris les considérations commerciales et politiques. Elles ne peuvent être intégrées et digérées en tant que « vérité ».

Dans le cours d'une journée normale, votre esprit est constamment violé et vos sens pris en otage par les idées des autres, et cela sous la forme de panneaux publicitaires, de slogans imprimés sur les tee-shirts des passants que vous croisez, de messages d'annonce dans les magasins, etc.

Il n'y a rien d'autre que vous puissiez faire pour vous soustraire à cette agression permanente que d'éteindre votre téléviseur et votre radio (c'est déjà ça). Cependant, si vous êtes conscient de cette pollution médiatique qui vous entoure, elle aura moins de pouvoir sur vous.

En accueillant mentalement ce poison mental, vous pouvez même le transformer par le pouvoir de votre intention en intelligence pure.

Je transforme automatiquement toute la pollution médiatique en intelligence pure. Mon esprit utilise toute information reçue et la recycle afin de contribuer à mon enrichissement.

Ne soyez pas un simple consommateur des idées des autres, participez vous-même à l'envoi de messages vers le reste du monde. Enregistrez le vôtre, il est unique, il vient de votre être profond, un message de paix et de salut, par exemple, et diffusez-le par tous les canaux possibles. Ne soyez pas timide.

Qui sait si votre message n'est pas celui que nous attendons tous.

LES AU-REVOIR

Des gens gravitent dans votre orbite, puis ils en sortent. Dedans, dehors, dedans, dehors. C'est le mouvement du yin et du yang, le mouvement de contraction-expansion de l'océan de l'existence lui-même.

Il est toujours difficile de dire au revoir, le temps est venu pourtant. Alors, que votre chemin soit paisible et vous emmène en de magnifiques endroits, que votre vie soit positive et s'épanouisse dix mille fois au-delà de vos plus folles espérances, notamment grâce à la lecture de ce Guide.

Je me suis attaché à vous. Je suis assis depuis un sacré bout de temps, en train de vous écrire, m'efforçant d'établir un contact avec la part la plus profonde de votre personne, et ce temps et ce travail se sont transformés en amour pour vous. Je ne sais même pas à quoi vous ressemblez !

Je vous ai écrit depuis mon confinement créatif, dans diverses huttes et bungalows à travers toute la Thaïlande du Sud, des chambres d'hôtel aux Baléares et des endroits dans Londres que je tiens à garder secrets.

Ce travail a été long mais le bébé est sorti à présent, et je veux vous remercier du fond du cœur d'avoir pris le temps de le lire.

(Vous voilà un guerrier certifié, il ne vous manque plus que votre carte de membre !)

Bien sûr, il y a sûrement plein de choses que j'ai oublié de vous dire. Il y aura toujours plus à dire de toute façon. Le sujet est sans fin. Je me remettrai sans doute à la tache un de ces jours.

Alors, à plus tard.

Le docteur aux pieds nus.

Bien-être, des livres qui vous font du bien

*Psychologie, santé, sexualité, vie familiale, diététique... :
la collection Bien-être apporte des réponses pratiques
et positives à chacun.*

Psychologie

Thomas Armstrong
Sept façons d'être plus intelligent
- n° 7105

Jean-Luc Aubert et Christiane Doubovy
Maman, j'ai peur – Mère anxieuse,
enfant anxieux ? - n° 7182

Anne Bacus et Christian Romain
Libérez votre créativité ! - n° 7124

Anne Bacus-Lindroth
Murmures sur l'essentiel – Conseils
de vie d'une mère à ses enfants
- n° 7225

Simone Barbaras
La rupture pour vivre - n° 7185

**Martine Barbault
et Bernard Duboy**
Choisir son prénom, choisir son
destin - n° 7129

Doctor Barefoot
Le guerrier urbain - n° 7359

Deirdre Boyd
Les dépendances - n° 7196

Nathaniel Branden
Les six clés de la confiance en soi
- n° 7091

Sue Breton
La dépression - n° 7223

**Jack Canfield et Mark Victor
Hansen**
Bouillon de poulet pour l'âme
- n° 7155
Bouillon de poulet pour l'âme 2
- n° 7241
Bouillon de poulet pour l'âme de la
femme *(avec J.R. Hawthorne et M.
Shimoff)* - n° 7251

Bouillon de poulet pour l'âme au
travail - *(avec M. Rogerson, M. Rutte et
T. Clauss)* - n° 7259

Richard Carlson
Ne vous noyez pas dans un verre
d'eau - n° 7183
Ne vous noyez pas dans un verre
d'eau... en famille ! - n° 7219
Ne vous noyez pas dans un verre
d'eau... en amour ! *(avec Kristine
Carlson)* - n° 7243
Ne vous noyez pas dans un verre
d'eau... au travail - n° 7264

Steven Carter et Julia Sokol
Ces hommes qui ont peur d'aimer
- n° 7064

Chérie Carter-Scott
Dix règles pour réussir sa vie
- n° 7211
Si l'amour est un jeu, en voici les
règles - n° 6844

Loly Clerc
Je dépense, donc je suis ! - n° 7107

Guy Corneau
N'y a-t-il pas d'amour heureux ?
- n° 7157
La guérison du cœur - n° 7244
Victime des autres, bourreau de soi-
même - n° 7465

Lynne Crawford et Linda Taylor
La timidité - n° 7195

Dr Christophe Fauré
Vivre le deuil au jour le jour - n° 7151

**Dr Christian Gay et Jean-Alain
Génermont**
Vivre avec des hauts et des bas
- n° 7024

Daniel Goleman
L'intelligence émotionnelle - n° 7130
L'intelligence émotionnelle 2
- n° 7202

Santé

Rochelle Simmons
Le stress - n°7190

André Van Lysebeth
J'apprends le yoga - n°7197

Dr Andrew Weil
Huit semaines pour retrouver une
bonne santé - n°7193
Le corps médecin - n°7210
Le guide essentiel de la diététique et
de la santé - n°7269

Diététique

Marie Binet et Roseline Jadfard
Trois assiettes et un bébé - n°7113

Dr Alain Bondil et Marion Kaplan
Votre alimentation - n°7010
L'âge d'or de votre corps - n°7108

André Burckel
Les bienfaits du régime crétois
- n°7247

Dr Jean-Michel Cohen
Savoir maigrir - n°7266
Au bonheur de maigrir - n°6893

Sonia Dubois
Maigrissons ensemble! - n°7120
Restons minces ensemble! - n°7187

Dr Pierre Dukan
Je ne sais pas maigrir - n°7246

Annie Hubert
Pourquoi les Eskimos n'ont pas de
cholestérol - n°7125

Dr Catherine Kousmine
Sauvez votre corps! - n°7029

Linda Lazarides
Le régime anti-rétention d'eau
- n°6892

Marianne Leconte
Maigrir - Le nouveau bon sens
- n°7221

Colette Lefort
Maigrir à volonté - n°7003

Michelle Joy Levine
Le choix de la minceur - n°7267

Michel Montignac
Je mange donc je maigris… et je reste
mince! - n°7030
Recettes et menus Montignac
- n°7079
Recettes et menus Montignac 2
- n°7164
Comment maigrir en faisant des
repas d'affaires - n°7090
La méthode Montignac Spécial
Femme - n°7104
Mettez un turbo dans votre assiette
- n°7117
Je cuisine Montignac - n°7121
Restez jeune en mangeant mieux
- n°7137
Boire du vin pour rester en bonne
santé - n°7188

Lionelle Nugon-Baudon
Toxic-bouffe - Le dico - n°7216

**Dr Philippe Peltriaux
et Monique Cabré**
Maigrir avec la méthode Peltriaux
- n°7156

Nathalie Simon
Mangez beau, mangez forme
- n°7126

Sexualité

Régine Dumay
Comment bien faire l'amour à une
femme - n°7227
Comment bien faire l'amour à un
homme - n°7239

Céline Gérent
Savoir vivre sa sexualité - n°7014

John Gray
Mars et Vénus sous la couette
- n°7194

Shere Hite
Le nouveau rapport Hite - n°7294

Jean-Pierre Coffe
Comme à la maison −1 - n°7148
Comme à la maison −2 - n°7177
Le marché - n°7154
Au bonheur des fruits - n°7163

Christine Ferber
Mes confitures *(édition augmentée)* - n°6162
Mes tartes sucrées et salées - n°7186
Mes aigres-doux, terrines et pâtés - n°7237

Nadira Hefied
130 recettes traditionnelles du Maghreb - n°7174

Peta Mathias
Fêtes gourmandes - n°720

Christian Parra
Mon cochon de la tête aux pieds - n°7238

Jean-Noël Rio
Je ne sais pas cuisiner - n°7273

Marie Rouanet
Petit traité romanesque de cuisins - n°7159

Denise Verhoye
Les recettes de Mamie - n°7209

Harmonies

Karen Christensen
La maison écologique - n°7152

Lama Surya Das
Éveillez votre spiritualité - n°7281

Karen Kingston
L'harmonie de la maison par le Feng Shui - n°7158

Philip Martin
La voie zen pour vaincre la dépression - n°7263

Pratima Raichur et Marian Cohn
La beauté absolue - n°6929

Jane Thurnell-Read
Les harmonies magnétiques - n°7228

Jean Vernette et Claire Moncelon
Les nouvelles thérapies - n°7220

Richard Webster
Le Feng Shui au quotidien - n°7254

Christine Wildwood
L'aromathérapie - n°7192

Paul Wilson
Le principe du calme - n°7249
Le grand livre du calme – La méthode - n°7249
Le grand livre du calme – Au travail - n°7276

Nature et loisirs

Sonia Dubois
La couture - n°7144

John Fisher
Comprendre et soigner son chien - n°7160

Daniel Gelin
Le jardin facile - n°7143

Louis Giordano
Aux jardiniers débutants : 500 conseils et astuces - n°7215

Marjorie Harris
Un jardin pour l'âme - n°7149

Jean-Marie Pelt
Des fruits - n°7169
Des légumes - n°7217

Roger Tabor
Comprendre son chat - n°7153

Bienêtre

7359

Composition Chesteroc Ltd
Achevé d'imprimer en France (Manchecourt)
par Maury-Eurolivres
le 26 octobre 2004.
Dépôt légal octobre 2004. ISBN 2-290-32641-0

Éditions J'ai lu
84, rue de Grenelle, 75007 Paris
Diffusion France et étranger : Flammarion